Kochen mit Steirischen Kürbiskernen und Kürbiskernöl

von Erika Seidl

IMPRESSUM:

2. Auflage 1999

Eigenverlag Erika Seidl, 8200 Ludersdorf

Fotos: Engelbert Pammer

A. M. Begsteiger (Seite 8 und Seite 17 – Bild 1 + 2)

Idee, Gesamtleitung und Versuchsküche: Erika Seidl

Druck: Klampfer, Weiz

ISBN: 3-9500888-0-6

KOCHEN MIT

Steirischen Kürbiskernen und Kürbiskernöl

VON ERIKA SEIDL

EIN DANKESCHÖN

Meinem Mann Franz, der mich ständig unterstützte und durchhalten ließ.

Meinem Sohn Manfred für seine Hilfe bei der Buchgestaltung am PC.

Meiner Tochter Natascha für die Illustrationen.

Herrn Engelbert Pammer für das stundenlange Fotografieren.

Der Firma Stranzl in Gleisdorf für die Bereitstellung zahlreicher Porzellanwaren.

Den Autoren der Fachbeiträge, Frau Dipl.-Ing. Johanna Winkler, Frau Elfriede Werthan, Herrn Dr. Franz Siegfried Wagner und Herrn Alois Gölles.

INHALT

Ölkürbis – Geschichte der Kultivierung und Perspektiven

Der Kürbis dürfte eine der ältesten Kulturpflanzen der Welt sein, die ältesten Kürbisfunde des gewöhnlichen Kürbis (Cucurbita pepo) wurden von Wissenschaftern um die Zeit von 10.700 bis 9.200 v. Christi datiert.

Sie stammen aus dem Süden Mexikos. Dort belegen archäologische Funde, daß die öl- und eiweißreichen Kürbissamen den Ur-Amerikanern noch vor Mais und Bohnen als Nahrungsmittel dienten.

Amerika als Herkunftsgebiet des Kürbisses ist durch verschiedene Hinweise auf einen Anbau durch nord- und südamerikanische Indianerstämme bestens belegt. Erst nachdem Christoph Kolumbus Ende des 15. Jahrhunderts Amerika entdeckt hatte, kam der Kürbis nach Europa.

Die Kürbis-Familie besitzt eine außergewöhnliche große Verwandschaft, so unter anderem die Gattung Cucumis (Gurken, Melonen), Lagenaria (Flaschenkürbisse), Luffa (Schwammkürbisse) und eben die Gattung Cucurbita, die wiederum in 15 Arten unterteilt wird. Eine dieser Arten ist Cucurbita pepo L., dessen Varietät styrica, der sogenannte schalenlose Ölkürbis, in Österreich und den umliegenden südlichen und östlichen Staaten kultiviert wird. Diese Schalenlosigkeit ist vermutlich durch eine natürliche Mutation entstanden. Bei der Gewinnung von Kürbiskernöl bietet diese schalenlose bzw. weichschalige Form vor allem technische Vorteile, da das Schälen entfällt und die Rückstände (Preßkuchen) ohne Schwierigkeiten verfüttert werden können.

Wurde das Fruchtfleisch vor einigen Jahrzehnten noch als Viehfutter oder zur Marmeladeherstellung genutzt, so bleibt es heute als verrottender Rückstand auf den Feldern zurück. Kürbiskernöl und Kürbiskerne waren wegen des typischen, nußartigen Geschmacks und der wertvollen Inhaltsstoffe in der Gunst des Menschen schon immer deutlich höher angesiedelt als der Kürbis selbst.

Eine Verbesserung der gesundheitsfördernden Inhaltsstoffe ist auch Inhalt eines Züchtungsprogrammes der Saatzucht Gleisdorf.

Weitere Bestimmungen liegen im Bereich der Ertragssicherung und -steigerung und in der Anhebung des Resistenzniveaus, um bei diesem wertvollen Produkt selbst im konventionellen Anbau nicht gezwungen zu sein, chemische Pflanzenschutzmittel anwenden zu müssen.

Die Variation in den züchterisch bearbeitbaren Merkmal ist enorm. Es gibt Buschtypen und langtriebige Formen, marmorierte oder gestreifte Früchte, die länglich oder abgeflacht sind, Unterschiede in der Lösbarkeit der Kerne vom Fruchtfleisch, längliche oder abgerundete Samen mit unterschiedlicher Dicke und Färbung von hellgrün bis dunkelgrün.

Charakteristikum des „Steirischen Kürbiskerns" ist die dunkelgrüne Färbung, weshalb bei allen Weiterentwicklungen die Beibehaltung dieses Merkmals im Mittelpunkt steht.

Dipl.-Ing. Johanna Winkler,
Kürbiszüchterin der Saatzucht Gleisdorf

Chronik und Brauchtum

Lange Zeit war der Kürbis nur eine Heil- und Zierpflanze, als Flaschenkürbis wurde er um seine Gefäße willen sogar in Kürbisgärtlein gezogen. In der Steiermark erfolgte ein feldmäßiger Anbau erst im 18. Jahrhundert in der Gegend um Fürstenfeld. Aufzeichnungen aus dem 19. Jahrhundert besagen jedoch, daß Kürbis zu diesem Zeitpunkt bereits im ganzen steirischen Unterland angebaut wurde. Für Schweine und Geflügel müssen diese Zeiten paradiesisch gewesen sein, nicht so für die Einwohner der Märkte und Städten: „Schweine und Geflügel liefen frei in den Gassen der Stadt herum", heißt es in einer Fürstenfelder Chronik. Am 13.11.1800 wurde im Markt-Archiv von Gnas eingetragen: „Wegen der vielen frei herumlaufenden Schweine und Gänse will Pfarrer Witt um seinen Pfarrhof einen Zaun errichten lassen und ersucht den Magistrat Gnas um Bewilligung."

Früher gab es hauptsächlich Kürbisarten, deren Kerne eine weiße, dicke Schale hatten, welche man einzeln mit der Hand „abheppeln" mußte. Die Kerne wurden zunächst mit ein wenig heißem Wasser gerade soviel überbrüht, daß sie angenetzt waren, über Nacht mit einem Tuch überdeckt und dunsten gelassen. Vor dem Abschälen wurden die Kürbiskerne mit etwas Asche angestreut, damit sie nicht zu glatt waren und die Schale mit den Fingern leichter abgelöst werden konnte.

Bei der mühsamen Arbeit des „Abheppelns" halfen an langen Winterabenden alle Hausgenossen, wobei jedem – Erwachsenem und Kind – eine bestimmte Tagesmenge (1–2 Maß) vorgegeben wurde. Oft kamen auch Nachbarn zur Hilfe, und ähnlich dem „Woazschälen" verlief die Gemeinschaftsarbeit äußerst vergnüglich: Man plauderte, sang, stärkte sich bei Brot und Most, gelegentlich endete der Abend auch mit Tanz.

Wie die steirische Brauchtumsforscherin Anni Gamerith in ihrem Buch „Speis und Trank im südoststeirischem Bauernland" berichtet, gab es in den dörflich eng verbauten Ortschaften an der steirischen Südostgrenze den Brauch, mit den leeren Kürbiskernschalen heimlich die nächtlichen Wege der Burschen von ihrem Haus zu ihrem „Dirndlfenster" anzustreuen. Am Morgen waren diese „Kernstraßen" für jedermann deutlich sichtbar und Gesprächstoff für den Dorftratsch. Schon gar, wenn einer dieser Spaßvögel eine falsche Spur gestreut hatte ...

Beim Kürbisanbau gab es auch viel Aberglauben: So hieß es, daß die Frauen beim Kürbissetzen ständig auf dem Acker hin- und herrennen sollen, damit die Kürbispflanzen später auch „weit rennen" (sich mächtig ausbreiten). Außerdem solle man die Kerne zwischen 11 und 13 Uhr setzen, damit sie zur Zeit der größten Hitze in die Erde kommen, sonst würden sie „nicht zeitig". Der Parkratius- (12. Mai) oder der Bonifatiustag (14. Mai) galten als die besten Setztage.

Aber auch im Kürbisorakel für heiratslustige Mädchen ist verzeichnet: Kürbiskerne auf eine bestimmte Stelle setzen. Das Mädchen wartet nun auf das Aufgehen der Pflanzen. Jene Kerne, die nicht aufgegangen sind, geben die Jahre an, die noch bis zur Heirat vergehen werden ...

Elfriede Werthan

Bauer beim „Auspatzeln" (= Herauslösen der Kürbiskerne aus dem Fruchtfleisch)

Steirisches Kürbiskernöl – Gesundheit trifft sich mit Genuß

Pflanzliche Öle nehmen in der Ernährung des Menschen eine überaus wichtige Rolle ein. Im Gegensatz zu tierischen Fetten belasten sie den Organismus praktisch nicht mit Cholesterin und versorgen ihn mit essentiellen, d.h. lebensnotwendigen, mehrfach ungesättigten Fettsäuren und vor allem mit Vitamin E. Steirisches Kürbiskernöl nimmt auf Grund seines hohen Gehalts an wertvollen Inhaltsstoffen und seines einzigartigen Geschmacks innerhalb der planzlichen Öle eine Sonderstellung ein: es wird aufgrund seiner besonderen Farbe auch das „grüne Gold" der Steiermark genannt.

Steirisches Kürbiskernöl ist im Gegensatz zu industriell raffinierten, pflanzlichen Ölen ein rein naturbelassenes Öl. Während industriell raffinierte Öle eine Reihe von technologischen Prozessen durchlaufen, die ein eher geruchs- und geschmacksneutrales Öl ergeben, dürfen naturbelassene Öle laut österreichischem Lebensmittelcodex „lediglich durch mechanische oder physikalische Prozesse" gewonnen werden und „keine sonstigen Zutaten" enthalten. Naturbelassene Öle wie das Steirische Kürbiskernöl enthalten daher im Gegensatz zu raffinierten Ölen noch alle wertgebenden Inhaltsstoffe, die den einzigartigen Geruch und Geschmack ausmachen und darüber hinaus noch außerordentlich wichtig für die Gesundheit des Menschen sind.

Die Inhaltsstoffe des Steirischen Kürbiskernöls interessieren viele Wissenschafter, da schon viel über die pharmakologische Wirkung dieses Naturprodukts berichtet wurde. Zur Zeit befinden sich mehrere aus Steirischen Kürbiskernen hergestellte Arzneimittel auf dem Markt. Zwei medizinische Anwendungsgebiete sind dabei von besonderem Interesse.

Bei 50–60% aller Männer zeigt sich ab dem fünfzigsten Lebensjahr eine Vergrößerung der Vorsteherdrüse, die als Prostata-Adenom in verschiedenen Stadien auftritt. Die Ursache für das häufige Entstehen dieser Krankheit bei Männern über 50 Jahre ist noch nicht restlos geklärt, möglicherweise wird diese aber durch eine Verschiebung des Vorkommens von Sexualhormonen (Androgen/Östrogen-Relation) im Alter bedingt. Die besonders im Steirischen Kürbiskernöl vorkommenden Phytosterine vermögen auf Grund der strukturellen Verwandtschaft zu bestimmten körpereigenen am Stoffwechsel von Androgenen beteiligten Substanzen die hormonelle Stimulation der Prostatazellen herabsetzen und können so die Entwicklung von Prostata-Adenomen hemmen. Aber auch Frauen leiden in der zweiten Lebenshälfte häufig an den Folgen einer Reizblase. Dieser typischen Frauenkrankheit wurde durch die Entwicklung einiger Arzneimittel begegnet, die Wirkstoffe des Steirischen Ölkürbis enthalten.

Herz-Kreislauf-Erkrankungen stellen in unserer Gesellschaft die Zivilisationskrankheit Nummer 1 dar. Viele verschiedene Faktoren wie Streß, Rauchen und vorallem falsche Ernährung werden für das gehäufte Auftreten von Herz-Kreislauf-Erkrankungen verantwortlich gemacht. Die Gesellschaften für Ernährung reagieren auf diese Tatsache mit der Empfehlung, den Fettkonsum insgesamt zu reduzieren und ein Übermaß an tierischen Fetten in der Küche durch den gezielten Einsatz pflanzlicher Öle zu ersetzen. Steirisches Kürbiskernöl eignet sich auf Grund seines überaus günstigen Fettsäuremusters mit über 50% Linolsäure (eine essentielle, d.h. lebensnotwendige mehrfach ungesättigte Fettsäure), des hohen Gehalts an Vitamin E, Carotinoiden, Phytosterinen und Selen sowie dem Fehlen von Cholesterin als gesundes natürliches Lebensmittel zur Vorbeugung von Herz-Kreislauf-Erkrankungen. In dieser Hinsicht werden durch den Konsum von Steirischem Kürbiskernöl die Empfehlungen der Gesellschaften für Ernährung in vollem Ausmaß erfüllt.

Fettsäuremuster Steirisches Kürbiskernöl

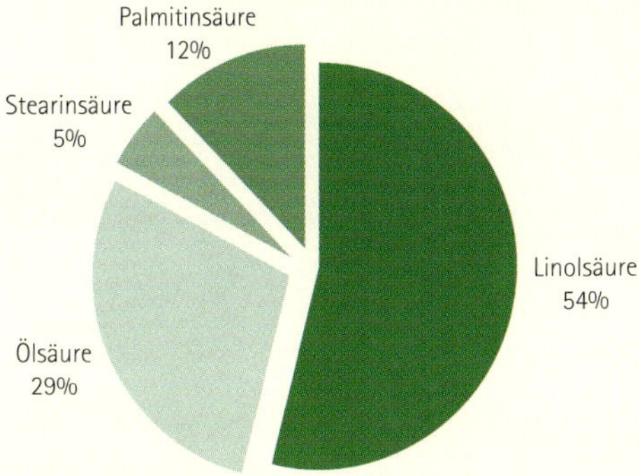

Um die wertvollen Inhaltsstoffe des Steirischen Kürbiskernöls nicht zu zerstören, ergeben sich für die Anwendung in Ihrer Küche wichtige Gebrauchsregeln. Steirisches Kürbiskernöl ist aufgrund des hohen Gehalts an wertvollen ungesättigten Fettsäuren sehr oxidationsempfindlich und sollte daher möglichst lichtgeschützt (UV-Schutz), dicht verschlossen (kein Sauerstoffzutritt) und kühl (keine hohen Temperaturen) gelagert werden. Als beste Lagerbedingung im Haushalt hat sich die Lagerung im Kühlschrank bewährt.

Steirisches Kürbiskernöl eignet sich in vorzüglicher Weise für alle Salate und gibt vielen Speisen ihre charakteristische Note. Es ist aber nicht zum schnellen Braten und Fritieren geeignet, weil sich einerseits unangenehme Geschmachsnoten bilden, andererseits aber vor allem die wertgebenden Inhaltsstoffe dieses naturbelassenen Öls zerstört werden. Steirisches Kürbiskernöl eignet sich für alle Zubereitungsarten, bei denen Speisen nur mäßig erhitzt werden wie z. B. für die Zubereitung der beliebten Kürbiskernöl-Eierspeise.

Steirisches Kürbiskernöl stellt in seiner Einzigartigkeit und aufgrund des nunmehr EU-weit geschützten geographischen Ursprungs ein Identitätsprodukt der Steiermark dar, mit dem steirische Lebenskultur über eine außerordentlich angenehme Weise, nämlich über Gesundheit und Genuß vermittelt werden kann. In diesem Sinn verbinden sich in Steirischem Kürbiskernöl Gesundheit und Genuß zu einem harmonischen Miteinander.

Ich lade Sie ein, etwas Besonderes kennenzulernen.

Dr. Franz Siegfried Wagner

ilE
integrierte ländliche Entwicklung

steirisches
KÜRBISKERNÖL
KORTSCHAK
MÜHLE
KÜRBISKERNÖL
INH. ROBERT HIERZER
steirisches Kürbiskernöl
das kernöl
HARTLIEB
Steirisches
Kürbiskernöl
CLEMENT
MÜHLE
Reines
Steirisches
Kürbis
KERNÖL
schonend geröstet
Erstpressung
Zu 100% aus
steirischen
Kürbiskernen.
Qualität für
höchste Ansprüche.
SteirerKraft
GREEN
Gold
Pumpkin
Seed Oil
WESTSTEIRISCHE
ÖLMÜHLE
Hamlitsch
KÜRBIS
KERNÖL
Kürbis-
kernöl
100%
1. Pressung
STEIERMARK · AUSTRIA

Wissenswertes über das Steirische Kürbiskernöl

QUALITÄTSMERKMALE

Für den Laien bzw. „Anfänger" ist es nur sehr schwer echte von unechten (vermischten) Kürbiskernölen zu unterscheiden. Schnelltests, die Ihnen gesichert die 100%ige Reinheit garantieren, gibt es nicht.

Qualitativ hochwertiges Steirisches Kürbiskernöl riecht angenehm, schmeckt nussig und hat, auf einem weißen Teller geschwenkt, eine wunderbar grüne, leicht kastanienbraune Farbe. Die Viskosität des Kernöles kann nicht als Qualitätsmerkmal herangezogen werden, da auch dünnflüssige Kernöle hervorragend schmecken und 100%ig echt sein können.

Kürbiskernöle von nicht Steirischen Kürbiskernen erkennt man an der weniger grünen Farbe und dem eher derben Geruch bzw. Geschmack.

Seit dem Erntejahr 1998 wird Steirisches Kernöl, das nach streng kontrollierten EU-Richtlinien produziert wurde, mit einer Plakette „Steirisches Kürbiskernöl g.g.A." für den Herkunftsschutz gekennzeichnet. g.g.A. steht für „geschützte geographisch Angabe". Nur Öle aus Kürbiskernen von bestimmten Anbauregionen gepreßt von Ölmühlen der Steiermark und des südlichen Burgenlandes dürfen diese Bezeichnung verwenden.

Strenge Kontrollen stehen hinter diesem Zeichen. Potente steirische Ölmühlen bemühen sich mit Qualitätskontrollen vom Anbau bis in die konsumentengerechte Flasche zu überzeugen und neue Kernölliebhaber zu gewinnen.

WARM, SCHONEND ODER KALT GEPRESST

Kalt und schonend gepreßte Öle sind im Gegensatz zu raffinierten oder warm gepreßten Ölen wesentlich geschmacksintensiver, reicher an Inhaltsstoffen und dadurch wertvoller.

Trotz der Bezeichnung kalt oder schonend gepreßt, müssen viele Ölfrüchte beim Preßvorgang, bzw. bei der Verarbeitung, wie z. B. beim Kneten oder Rösten erwärmt werden.

Steirisches Kürbiskernöl wird nach dem mahlen der Kerne und kneten der Masse in Röstpfannen schonend geröstet. Erst durch diesen langwierigen, aufwendigen Arbeitsvorgang bekommt das Öl seinen unverfälschten einzigartigen nussigen Geschmack. Die wertvollen Inhaltsstoffe und Vitamine bleiben beinahe vollständig erhalten. Nach dem der Röstvorgang beendet ist, wird das Öl in einer Seiherpresse aus dem Röstgut gepreßt. Anschließend in Tanks gelagert und ca. nach einer Woche ohne Filtration in Flaschen abgefüllt.

Der ausgepreßte Ölkuchen wird als Viehfutter in der Tierernährung oder als Düngemittel im biologischem Landbau verwendet.

GRÜNES GOLD

Steirisches Kürbiskernöl braucht den Vergleich mit Ölivenöl nicht zu scheuen, weist es doch Gemeinsamkeiten auf.

KÜRBISKERNÖLFLASCHEN

So abwechslungsreich und verschiedenartig, wie sich das steirische Hügelland dem Betrachter zeigt, so unterschiedlich ist die Aufmachung, in der die eine oder andere Ölmühle, so mancher Bauernhof, das echte Steirische Kürbiskernöl dem Käufer anbieten.

Wurde das Olivenöl in der Antike schon als das „flüssige Gold" bezeichnet, spricht man vom Steirischen Kürbiskernöl oft und gerne vom „grünen oder schwarzen Gold".

HALTBARKEIT

Steirisches Kürbiskernöl hat offiziell eine Haltbarkeit von neun Monaten. Wird das kostbare Öl gut verschlossen und lichtgeschützt unter ca. 10 Grad Celsius gelagert, kann man mit einer wesentlich längeren Haltbarkeit rechnen.

Kernöl im Kühlschrank aufzubewahren ist sinnvoll, aber nicht unbedingt erforderlich.

FARBE

Steirisches Kernöl wurde durch seinen besonderen Geschmack und die unverkennbare dunkelgrüne Farbe bekannt.

Nur echtes Steirisches Kürbiskernöl besitzt diese, für die meisten Nichtsteirer fremdartige Farbe. Auf Fotos kommt die schöne grüne Farbe leider nur braun zur Geltung.

KERNÖLFLECKEN

Die übertriebene Angst vor Kernölflecken auf der weißen Spitzenbluse oder dem Seidenhemd ist längst überholt, hat sich doch herumgesprochen, daß die Natur das Problem auf ihre Art und Weise löst. Bei Sonnenbestrahlung verbleicht die grüne Farbe zur Gänze. Sollte ein Fettrest bleiben, reiben Sie diesen, vor dem Waschen mit Gallseife (in Drogeriemärkten erhältlich) ein.

MISCHÖLE

Kernöl, das mit anderen Ölen wie z. B. mit Raps-, Soja- oder Sonnenblumenöl vermengt wurde, darf nicht mehr als reines Steirisches Kürbiskernöl bezeichnet werden. Es wird meist als „Salatöl" deklariert. Das Mischungsverhältnis von ca. 5% bis 50% Kernölanteil wird am Etikett angeführt.

KERNÖLEINKAUF

Steirisches Kürbiskernöl sollten Sie nur dort beziehen, wo auch größere Mengen abgesetzt werden. In vielen Geschäften oder Supermärkten führt Kürbiskernöl ein jämmerliches Dasein, oftmals mit einem Platz in der prallen Sonne. Wer solch ein Kürbiskernöl erwirbt, wird die Euphorie und den Enthusiasmus der Kernölfreaks wohl kaum verstehen, geschmacklich und qualitativ eine Enttäuschung erleben, da das nussige Aroma und die ansprechend grüne Farbe bei falscher Lagerung mit Sicherheit nicht erhalten bleiben.

Kernölkenner ziehen reines „Steirisches Kürbiskernöl" anderen Kernölen ohne Herkunftsangabe vor.

❶ Kürbisblüte ❷ Kürbishaufen ❸ Kernöl frisch aus der Presse
❹ Preßkuchen (Rückstand nach dem Auspressen des Kernöls)

2

4

Wissenswertes über die Steirischen Kürbiskerne

KÜRBISERNTE

Bis vor wenigen Jahren wurden die Kürbiskerne im Herbst von Hand aus den großen Früchten gelöst. Wie überall, hat auch hier die Technik Einzug gehalten. Spezialmaschinen erledigen jetzt zum größten Teil diese, einst mühevolle Arbeit.

HALTBARKEIT

Steirische Kürbiskerne sind in gut verschlossenen lichtgeschützten Behältern mind. ein Jahr haltbar. Bei Temperaturen unter 10° C und vor Insektenbefall geschützt, sind die kostbaren eiweiß- und fettreichen Kerne über mehrere Jahre haltbar, dafür ist in erster Linie der hohe Vitamin E-Gehalt als Antioxitantie (verhindert das ranzig werden) verantwortlich.

RÖSTEN VON STEIRISCHEN KÜRBISKERNEN

Steirische Kürbiskerne zu rösten erfordert ein wenig Fingerspitzengefühl. Zu starkes Rösten sollte auf jeden Fall vermieden werden. Die Kerne würden dann bitter und brandig schmecken.

Eine gleichmäßige Röstung erreicht man am Blech im Backrohr. Steirische Kürbiskerne am Blech verteilen, bei starker Oberhitze oder mit Grillstufe kurz anrösten und mehrmals umrühren. Es dauert nur wenige Minuten bis die Kerne zu knacksen beginnen. Dann sind sie auch schon fertig. Nach dem Auskühlen kann man die Kerne weiterverarbeiten. Entweder im Ganzen, gehackt oder fein gemahlen. Gemahlen werden die Steirischen Kürbiskerne am besten in einer elektrischen Haushaltsmühle.

Gemahlene Steirische Kürbiskerne natur kann man auch ohne Fettzugabe, unter ständigem Rühren, in einer Pfanne rösten.

KARAMELISIEREN VON STEIRISCHEN KÜRBISKERNEN

Als Grundregel gilt: 1 Teil Steir. Kürbiskerne
1 Teil Zucker

Den Zucker in einer Pfanne schmelzen und leicht bräunen. Die Steirischen Kürbiskerne natur hinzufügen, die Pfanne von der Kochstelle nehmen und unter kräftigem Rühren Kerne und geschmolzenen Zucker gut vermischen. Die zähflüssige Masse auf ein Backtrennpapier gießen. Nach kurzem Auskühlen in gefällige Stücke zerteilen, oder nach vollständigem Auskühlen in einer elektrischen Mühle fein mahlen. Kürbiskernkrokant erhält man durch Zerstoßen mittels eines Nudelholzes, aber auch durch Zerteilen mit einem Wiegemesser. Steirische Kürbiskerne jeder Art sollten immer lichtgeschützt und kühl aufbewahrt werden.

KNABBERKERNE

Als gesunde Alternative zu herkömmlichen Knabberkernen werden seit geraumer Zeit, sortierte, speziell für diesen Zweck ausgesuchte Steirische Kürbiskerne in unterschiedlichsten Geschmacksrichtungen angeboten. Naturbelassene ungeröstete, mild gesalzen und geröstete Steirische Kürbiskerne sind am bekanntesten. Damit aber auch Süßschnäbel auf ihre Rechnung kommen gibt es mittlerweile Kürbiskerne in Schokolade dragiert. z. B. mit weißer oder dunkler Schoko, mit Orangengeschmack usw. Außerdem zuckerdragierte Kerne mit verschiedenen Beigaben wie etwa Zimt, Vanille, Kaffee, Pfefferminze.

Weiters werden für Gesundheitsbewußte auch Schokohappen und Riegel mit Steirischen Kürbiskernen angeboten.

Most Essig
Schilcher Essig
Uhudler Essig
Estragon Essig
Pfirsich Frucht Essig
Himbeer Essig
Aceto Balsamico di Modena
Rotwein Essig
Feigen Essig

Wissenswertes über den Essig

WIE ENTSTEHT ESSIG?

Für edlen Essig braucht man edle Früchte. Kein Fallobst, keine Weinreste; nur die schönsten Früchte finden ihren Weg ins Essigfaß.

Sie werden schonend gemaischt und gepreßt. Der so gewonnene Saft wird durch die von der Natur aus vorhandenen Hefen zu Wein vergoren. Es entsteht Alkohol, der durch Essigbakterien (auch Essigmutter genannt) zu Essigsäure umgewandelt wird.

WIE KANN MAN ESSIG VERKOSTEN?

Am besten pur, auf einem Löffel oder aus einem offenen Glas. Die Essigsäure ist leicht flüchtig und daher sowohl in der Nase als auch am Gaumen sehr intensiv zu spüren. Die Verkostung pur bringt erst die halbe Wahrheit ans Licht. Zur endgültigen Beurteilung muß auch die Eignung in der Küche sowie die Kombinierbarkeit mit den verschiedensten Ölen geprüft werden.

WIE LANGE IST ESSIG HALTBAR?

In verschlossenen Flaschen ist Essig unbegrenzt haltbar. Die eigene Essigsäure macht den Essig haltbar. Angebrochene Flaschen können über einige Wochen bei Raumtemperatur gelagert werden. Sollte es jedoch länger dauern, bis die Flasche verbraucht ist, so empfiehlt sich eine gekühlte Lagerung.

Essig ist klar. Bei sehr extraktreichen Essigen kann es vorkommen, daß sich im Laufe der Zeit ein leichter Bodensatz bildet. Dies ist ein Zeichen der Naturbelassenheit und hat nichts mit einer Qualitätseinbuße zu tun.

WIE SOLL MAN ESSIG LAGERN?

Die vollen Flaschen sollen liegend gelagert werden (nicht stehend, wie Schnaps, sondern liegend, wie Wein).

Klassiker wie der Apfelmostessig und der Weinessig werden, je länger gelagert, um so milder und angenehmer.

Fruchtessige verlieren mit zunehmender Lagerdauer ihr feines Fruchtaroma und sollen im Kühlschrank gelagert und früher (innerhalb von 1–2 Jahren) verbraucht werden.

Balsamessig, die Krönung aller Essigkunst kennt nur einen Grundsatz: Je älter desto besser!

Es empfiehlt sich, von jedem Jahrgang einige Flaschen wegzulegen – am besten im Weinkeller. So entsteht im Laufe der Zeit Ihr eigenes Essig-Raritätenkabinett.

GESUNDHEIT

Wer kennt sie nicht, die vielen Hausrezepte aus Großmutters Zeiten. Essigwickel oder Essigumschläge galten als fiebersenkend, mit essigsaurer Tonerde wurden Verletzungen behan-

SAUER MACHT LUSTIG!

Im wahrsten Sinne des Wortes macht es Spaß aus der erweiterten Palette des Würzmittels Essig auszuwählen. Die Zahl der Essigproduzenten ist ständig im Wachsen begriffen, haben doch die Gourmetlokale, aber auch die Normalverbraucher, die Liebe und Experimentierfreude zu dieser sauren Flüssigkeit entdeckt. So manche hitzige Debatte dreht sich mittlerweile nicht nur um gute Weine, sondern auch um Aceto Balsamico, Schilcher-, Honig- oder Brombeeressig, Apfelessig naturtrüb oder im Eichenfaß gelagert.

delt. Bereits Hippokrates riet dazu, Wunden mit Essig zu desinfizieren und zu verbinden.

Als Jungbrunnen gilt auch heute noch ein Eßlöffel Apfelessig und ein Kaffeelöffel Kastanienhonig, mit Wasser verdünnt, vor dem Frühstück genossen zur Stimulierung und Belebung aller Lebensadern.

WIE WIRD ES GEMACHT?

- Mengen Sie die Gewürze (Salz, Pfeffer, Kräuter, ...) zuerst unter den Essig, dann erst geben Sie das Öl dazu.
- Als Faustregel gilt das Verhältnis: 2–3 Teile Öl auf 1 Teil Essig. Auf Wasser soll man unbedingt verzichten! Mit Wasser angerichtete Salate werden früher welk und fallen in sich zusammen. Man sollte sogar den Salat nach dem Waschen trocken schleudern.
- Die Marinade soll man nicht nur darüber schütten, sondern gut in den Salat einmischen, am besten per Hand in einer großen Schüssel. In der Kombination der verschiedenen Essigsorten mit unterschiedlichen Ölen sind der Kreativität keine Grenzen gesetzt.
- Steirisches Kürbiskernöl wird nach alter Tradition mit Apfelessig kombiniert, Olivenöl meist mit Weinessig oder Balsamessig. Fruchtessige (z. B. Himbeer-, Brombeer-, Pfirsichessig usw.) mit neutraleren Ölsorten mit wenig Eigengeschmack.

ACETOSOPHIE

Die ältesten Hinweise auf den Essig datieren ca. 6.000–5.000 v. Christi aus dem alten Ägypten. Auch in alten chinesischen Texten wurde der Essig bereits als Lebenselexier beschrieben. Nicht weniger als acht mal wird über Essig in der Bibel gesprochen. In der Griechischen Antike war er ein begehrtes Würz- und Heilmittel und die römischen Legionäre begleitete er als Stärkung und Durstlöscher auf ihren weiten Märschen. Ein geradezu mystisch gehütetes Alchimistengeheimnis war die Essigerzeugung im Mittelalter. Sie diente fast ausschließlich pharmazeutischen Zwecken. Erst im frühen 19. Jahrhundert entdeckten der Engländer Sir Humphrey Davy und nach ihm der Franzose Luis Pasteur, daß Essig durch Bakterien entsteht, die den Alkohol durch Oxydation zu Essigsäure umwandeln. Bald hielt der Essig Einzug in die feine Gesellschaft: Als „Riechsalz" in Flacons, welches bei allerlei Beschwerden zur Wiederbelebung verwendet wurde.

WEIN- UND APFELESSIG – DIE KLASSIKER

Apfelessig Classique von traditionellen steirischen Mostapfelsorten: Bohnapfel, Ilzer Weinler, Maschansker, Krummstiel, Rosenapfel ... wird mehrere Jahre im Eichenfaß gelagert und ist von alters her die beste Ergänzung zum Steirischen Kürbiskernöl.

Weinessig Classique entweder gehaltvoll, von ausgewählten Weiß- und Rotweinen, oder zart fruchtig vom steirischen Schilcher. Die Verwendungsmöglichkeiten für guten Weinessig sind nahezu unbegrenzt.

FRUCHTESSIGE – DIE KREATIVEN

Im allgemeinen werden Fruchtessige durch Einlegen von Früchten oder Mischen von Saft mit anderen Essigsorten hergestellt (z. B. Himbeeressig = Rotweinessig mit Himbeeren). Dies bedeutet, daß es sich nicht um Fruchtessig, sondern um Feinessige mit Fruchtbeigaben handelt.

Vollfruchtessige werden ausschließlich aus der namensgebenden Frucht hergestellt. So werden z. B. Himbeeren gemaischt, gepreßt, zu Himbeerwein vergoren und in weiterer Folge zu

Himbeeressig. Der Himbeeressig enthält nichts anderes als Himbeeren.

Vollfruchtessige von Himbeeren, Brombeeren, Kirschen, Pfirsichen, ... muß man vorsichtig und behutsam einsetzen, die Frucht soll erkennbar sein, jedoch nicht die Speise dominieren. Besonders gut macht sich der Fruchtgeschmack in Desserts und beim Sauer-Einlegen von Früchten (verwenden Sie dafür unbedingt die jeweils gleiche Essigsorte). Ebenfalls für feine Blattsalate mit Fisch oder Geflügel, mariniertes Gemüse oder Nudelsalate.

BALSAMESSIGE – DIE VORNEHMEN

Für Balsamessig wird der Saft über 12–14 Stunden lang im Kessel erhitzt, das Wasser verdampft und der Essig wird auf die 3–5fache Konzentration eingedickt. Die Lagerung erfolgt in kleinen Fässern, über viele Jahre. Das Holz atmet, der Inhalt wird immer konzentrierter. Besonders geeignet zum Verfeinern und Würzen in der Kreativküche.

Balsam-Weinessig: Die Trauben erreichen eine besondere Reife und konzentrieren bereits von selbst am Weinstock Beerenauslesen von extremer Süße – durch die Edelfäule (Botrytis cinera) wird der Geschmack weich, voll und rund, ein völlig eigenständiges und eigenwilliges Gegenstück zum traditionellen Balsamessig.

Balsam-Apfelessig: Eine Novität aus dem Saft steirischer Mostäpfel.

Alois Gölles,
Schnapsbrennerei und Essigmanufaktur

SCHNITTLAUCH
(LAT. ALLIUM SCHOENOPRASUM)

Schnittlauch ist nach wie vor das klassische Suppenkraut. Die Röhrenblätter dieses Liliengewächses enthalten schwefelhältiges Senföl. Schnittlauch wird niemals mitgekocht, dadurch würden die geschätzten wertvollen Vitamine und Mineralstoffe größtenteils verloren gehen.

Mineralstoffe im Schnittlauch: Kalium, Kalzium, Eisen, Natrium; Vitamine: A, B und besonders Vitamin C.

SCHNITTKNOBLAUCH SAPRAS
(LAT. ALLIUM TUBEROSUM)

Weniger bekannt, aber mindestens so schmackhaft ist Schnittknoblauch. Er verbindet einen zarten Hauch von Knoblauch mit der Würze des Schnittlauchs. Schnittknoblauch ist ein winterhartes Gewürzkraut, die Blätter sind nicht röhrenförmig sondern flach. Den Samen erhält man in guten Samenhandlung.

Suppen

Ob Sie die Suppe vor oder nach der Vorspeise servieren, bleibt Ihnen überlassen.
Suppen benötigen etwas Zeit bei der Zubereitung, aber zu einem vollständigen Menü gehört nun mal eine Suppe, wärmend für Leib und Seele.

Variationen gibt es unzählige – wie Gemüsesuppe, klare Suppe mit Einlage, Schwarzwurzelcreme- oder auch Kürbiscremsuppe – eines ist gewiß, die Mühe lohnt sich allemal.

Klare Suppe mit knusprigem Kornspitz

für 4 Personen

1 l	klare Rindsuppe od. Würfelsuppe
1 Stk.	Kornspitz
1	Ei
2 El.	Milch
etwas	Salz
4 El.	grob gemahl. Steir. Kürbiskerne
	Öl od. Margarine zum Ausbraten

Kornspitz in 1 cm dicke Scheiben schneiden. Ei verquirlen, mit Milch verdünnen und salzen. Brotscheiben zuerst in Ei tauchen, danach in den gemahlenen Steir. Kürbiskernen wälzen.

Fett erhitzen, Kornspitzstücke darin hellbraun ausbraten. Zum Abtropfen des Fettes auf ein Küchenpapier legen.

Servieren Sie die Kürbiskernbrotscheiben in Suppentassen mit heißer Rindsuppe und bestreuen Sie sie mit Schnittlauch oder Schnittknoblauch.

TIP:

Für dieses Rezept eignet sich auch ein altbackener Kornspitz. Natürlich läßt sich auch Schwarzbrot dafür verwenden.

Kürbiskernfleischstrudel

für 4 Personen

1 l	Rindsuppe
	STRUDELTEIG:
200 g	glattes Mehl
30 g	zerlassene Margarine
ca. 1/8 l	lauwarmes Wasser
1 Prise	Salz
30 g	Margarine zum Bestreichen
	FLEISCHFARCE:
150 g	Faschiertes gemischt
50 g	Margarine
1	kleine Zwiebel
1/2 Bd.	Petersilie
1	Ei
1/2 B.	Creme Fraiche
	Salz
	weißen Pfeffer
etwas	Thymian
	KÜRBISKERNFARCE:
80 g	fein gemahl. Steir. Kürbiskerne
1/2 B.	Creme Fraiche
50 g	Kräutergervais
	Salz
	weißen Pfeffer

Für den Strudelteig:
Aus den genannten Zutaten einen weichen Strudelteig bereiten und eine 1/2 Stunde zugedeckt rasten lassen.
Danach auf einem Strudeltuch zu einem ca. 40x30 cm großen Rechteck ausziehen. Um Zeit zu sparen, können Sie auch einen fertigen Strudelteig verwenden.

Für die Fleischfarce:
Feingehackte Zwiebel und Petersilie in Margarine anschwitzen, kurz überkühlen lassen und dem Faschierten beimengen. Nun alles gut mit dem Ei, Creme Fraiche und den Gewürzen vermischen. Ein 1/4 des Strudelteiges mit der Fleischfülle gleichmäßig bestreichen.

Für die Kürbiskernfarce:
Die fein gemahlenen Steir. Kürbiskerne mit Creme Fraiche und dem Kräutergervais gut vermischen, mit frisch gemahlenen Pfeffer und Salz fertig würzen. Diese Kürbiskernmasse auf dem Faschierten verteilen.

Danach den restlichen Strudelteig mit zerlassener Margarine bestreichen und durch Hochheben des Strudeltuches einrollen.
Ein Backblech mit Backpapier belegen und den Kürbiskernfleischstrudel daraufsetzen.
Nun bei ca. 220° C knusprig braun backen.
Den fertigen Strudel in dünne Scheiben schneiden und in heißer Rindsuppe mit Schnittlauch bestreut servieren.

Backrohr rechtzeitig auf 200° C vorheizen.

TIP:
In Kombination mit Blattsalaten eignet sich dieser Strudel auch ausgezeichnet als Vorspeise.

Kürbiskernnockerln

für 4 Personen

1 l	klare Suppe
1/4 l	Milch
40 g	Butter
50 g	Weizengrieß
30 g	Steir. Kürbiskerne, natur
2	Eier
	Salz
	Muskatnuß
	Pfeffer

Die Steir. Kürbiskerne in einer Pfanne kurz anrösten und danach fein mahlen.

Für die Nockerln Milch, Butter und Gewürze gemeinsam aufkochen, Weizengrieß und die gerösteten, gemahlenen Steir. Kürbiskerne einstreuen. Nun kräftig rühren bis sich die Masse vom Topf löst. Nach dem Abkühlen werden die Eier gut eingerührt.

Aus diesem Gemisch sticht man mit zwei kleinen Löffeln Nockerln aus und läßt sie in Salzwasser ca.10 Minuten zugedeckt ziehen. Danach abseihen und kalt abschrecken.

Servieren Sie die Kürbiskernnockerln in heißer, klarer Suppe und bestreuen Sie sie mit Petersilie, Schnittlauch oder Schnittknoblauch.

Schwarzwurzelcremesuppe mit Kresse und gefüllten Blätterteigplätzchen

für 6 Personen

PLÄTZCHEN:

250 g	Blätterteig
2 Stk.	Hühnerleber
1 El.	Margarine
2 El.	grob gemahl. Steir. Kürbiskerne
	Salz
1	Eidotter zum Bestreichen
	frische Kresse zum Bestreuen

SUPPE:

1 l	Gemüsesuppe od. Würfelsuppe
300 g	Schwarzwurzeln frisch od. aus der Dose
1/8 l	Schlagobers
1 El.	Maisstärke
	Salz
	weißer Pfeffer
	Muskatnuß

Für die Plätzchen:

Bereiten Sie als erstes die Plätzchen zu. Hierfür tiefgefrorenen Blätterteig auftauen und das Rohr auf 220° C vorheizen. Hühnerleber waschen, abtrocknen und in feine Stücke hacken. Margarine erhitzen, grob gehackte Steir. Kürbiskerne gemeinsam mit der Hühnerleber darin rösten. Salzen, pfeffern und auskühlen lassen.

Vom Blätterteig Scheiben mit 5 cm Durchmesser ausstechen. Eine Scheibe mit zerschlagenem Ei bestreichen in die Mitte ein Häufchen der Leber-Kürbiskernmasse setzen. Nun eine zweite Scheibe daraufsetzen und die Ränder gut andrücken, mit Ei bepinseln und backen.

Für die Suppe:

Sollten Sie frische Schwarzwurzel verwenden, stellen Sie vor dem Schälen ein Gefäß mit etwas Wasser und einem Eßlöffel Zitronensaft bereit. Schwarzwurzeln schälen und in 3 cm lange Stücke schneiden, sofort ins Zitronenwasser legen, salzen und kernig weich kochen. Kochflüssigkeit abseihen und einige Wurzelstücke zur Gemüsesuppe geben. Den Rest der gekochten Schwarzwurzeln am besten mit einem Stabmixer pürieren, Sahne und Maisstärke hinzufügen. Das Püree mit einem Schneebesen in die heiße Suppe einrühren. Nun kurz aufkochen lassen, mit weißen Pfeffer und Muskatnuß abschmecken.

Vor dem Servieren die Suppe mit frischer Kresse garnieren.

TIP:

Stellen Sie beim Backen von Blätterteig immer eine feuerfeste Schüssel mit Wasser ins Backrohr oder besprühen Sie das Gebäck mit Wasser. Blätterteig geht bei hoher Luftfeuchtigkeit besser auf.

Überraschungssuppe

für 6 Personen

SUPPE:

1 l	Hühnersuppe od. Gemüsesuppe
500 g	Kürbisfleisch, in Würfeln
2 El.	Creme Fraiche
1 El.	Mehl
150 g	kleine Bohnen gekocht
100 g	Rindfleisch gekocht
1	Knoblauchzehe
1	Lorbeerblatt
einig. Bl.	Bohnenkraut
1 Tl.	Paprika
	Salz
	Pfeffer
1 Tl.	Apfelessig
2 El.	Weißwein

GARNIERUNG:

einig. Sch.	geröst. Lauch
etwas	Creme Fraiche
	frischen Oregano
1	ausgehöhlten, kleinen Kürbis pro Person zum Servieren
	gehackt. Steir. Kürbiskerne

Kürbiswürfeln in wenig Salzwasser knackig weichdünsten. Abseihen, das wertvolle Kochwasser auffangen und der Suppe beigeben. 1/4 der Kürbiswürfeln in ganzen Stücken zur Suppe mischen. Die restlichen 3/4 fein pürieren.
Mehl, die pürierte Kürbismasse und die Creme Fraiche mit einem Schneebesen gut verrühren. Die Hühnersuppe erhitzen, diese Masse mit dem Schneebesen einschlagen, in Streifen geschnittenes Rindfleisch, Bohnen und die Gewürze hinzufügen. Eine 1/4 Stunde weiterköcheln lassen.
Zum Schluß mit Essig und Weißwein die letzte Würze geben.

Für die Garnierung:
Lauchscheiben in Öl anbraten, mit einem Teelöffel Creme Fraiche und einigen Oreganoblättern auf die angerichtete Suppe setzen und mit gehackten Steir. Kürbiskernen bestreuen.

Es gibt unzählige Kürbiscremesuppen-Rezepte. Jede versierte Hausfrau bereitet sie auf ihre Art zu.
Dieses Rezept ist allemal einen Versuch wert, denn die Zutaten wurden mit viel Fingerspitzengefühl kombiniert. Die Suppe schmeckt deshalb besonders fein und harmonisch.

Vorspeisen, kleine Gerichte

Um sich auf ein gut geplantes, gemütliches Essen einzustimmen, sind Vorspeisen oder kleine Happen ideale Gerichte. Was dem Italiener die Antipasti, dem Spanier seine Tapas, ist dem Steirer oftmals ein kleines Häppchen mit Steirischen Kürbiskernen oder ein Kleingericht, verfeinert mit Steirischem Kürbiskernöl.

Gefüllte Tascherln

ca. 20 Stück

AUSBACKTEIG:

300 g	glattes Mehl
3	Eier
2 El.	Maiskeimöl
	Salz
	lauwarmes Wasser nach Bedarf

FÜLLE:

100 g	Faschiertes
100 g	gekochte Hirse od. Reis
50 g	gemahl. Steir. Kürbiskerne
100 g	fein geschnittenes Kraut
1 El.	gehack. Petersilie
1 halbe	feingehack. Zwiebel
2 El.	Maiskeimöl
	Salz
	Pfeffer (Mühle)
1	Ei zum Bestreichen
	Frittierfett zum Ausbacken

Für den Teig:

Ins gesiebte Mehl eine Mulde drücken, Eier hineinschlagen, Salz, Maiskeimöl und lauwarmes Wasser nach und nach hinzufügen. Daraus einen halbfesten Nudelteig kneten und zugedeckt 1 Stunde rasten lassen.

Für die Fülle:

Maiskeimöl erhitzen, feingehackte Zwiebel, Petersilie und das Kraut darin hellbraun anrösten, auskühlen lassen. Faschiertes, gemahlene Steir. Kürbiskerne, gekochte Hirse oder Reis hinzufügen und mit Salz und Pfeffer abschmecken.

Den Nudelteig auf einer bemehlten Arbeitsfläche 1 mm dünn ausrollen. Mit einem runden Ausstecher ca. 10 cm große Kreise ausstechen. Die Teigkreise mit verquirltem Ei bestreichen und 1 Eßlöffel Fülle in die Mitte setzen. Teigränder übereinanderschlagen und den Rand gut andrücken.

Frittierfett erhitzen, darin die Teigtaschen braun ausbacken.

Zum Aufsaugen des Restfettes auf ein Küchenpapier legen und möglichst heiß servieren.

TIP:

Sollte Ausgebackenes nicht Ihren Geschmack treffen, kochen Sie die gefüllten Tascherln in Salzwasser, rösten feingeschnittenen Jausenspeck in etwas Fett knusprig braun an, fügen Kräuter hinzu und schwenken die Tascherln darin.

Grüner Topfenaufstrich und Eiaufstrich mit Kürbiskernen

für ca. 10 Brote

TOPFENAUFSTRICH:

250 g	groben Speisetopfen
4 El.	Butter
50 g	cremigen Blauschimmelkäse
1 El.	Steir. Kürbiskernöl
1/2	grünen Paprika
etwas	Kümmel, Salz
	Schnittknoblauch od. Petersilie

für ca. 8 Brote

EIAUFSTRICH:

4	Eier hart gekocht
3 El.	Butter
2 El.	Sauerrahm
1 El.	frische Kräuter (Schnittlauch und Petersilie)
1 Tl.	Zitronensaft
1 Tl.	Senf
1/2	milde Zwiebel
1/2	roten Paprika
2 El.	grob gehackt., geröst. Steir. Kürbiskerne
	Salz, frisch gemahl. weißen Pfeffer

Für den Topfenaufstrich:
Butter mit dem Schneebesen sehr schaumig schlagen, groben Topfen und Blauschimmelkäse hinzufügen und kräftig unterrühren. Gut gewaschenen Paprika in feine Streifen schneiden, mit Salz, Kümmel und dem Schnittknoblauch zur Topfenmasse geben. Als Geschmacksverstärker wird dem Ganzen 1 Eßlöffel Steir. Kürbiskernöl beigemengt.
Diesen Aufstrich servieren Sie am besten auf Vollkorn- oder Kürbiskernbrot.

Kürbiskern- oder Kürbiskernölaufstriche haben sich fix in vielen guten steirischen Buschenschänken etabliert und werden gerne als willkommene Abwechslung von den Gästen verkostet.

Für den Eiaufstrich:
Butter schaumig rühren, mit dem Sauerrahm gut vermischen.
Gekochte Eier kalt abschrecken, schälen und feinwürfelig hacken. Speisezwiebel und Paprika ebenfalls in kleine Würfel schneiden. Eier, Paprika und Zwiebel der Buttermasse beimengen. Geschnittene Kräuter, Zitronensaft, Senf, grob gehackte geröstete Steir. Kürbiskerne, Salz und gemahlenen Pfeffer unter die Sauerrahmbutter rühren.
Auf Schwarzbrotscheiben dick aufstreichen und mit Eischeiben garnieren.

Dieser feine Eiaufstrich ist leichter als herkömmliche Eiaufstriche. Probieren Sie ihn für Ihre nächste Kinderparty aus oder lassen Sie ihn von den Kindern selbst zubereiten.

Kräutereierspeis mit Kürbiskernöl

für 1 Person

3	Eier
1 El.	Steir. Kürbiskernöl
1 El.	Frühlingskräuter gehackt z. B. Gundelrebe, Brennessel, Kerbel, Gänseblümchenblätter, Pimpernelle, Schnittlauch
	Salz
	Pfeffer
	Gänseblümchen zum Garnieren

Frische Kräuter möglichst genau verlesen, gut waschen, und hacken. Eier aufschlagen und verquirlen, Salz und Kräuter hinzufügen.
Das Steir. Kürbiskernöl am besten in einer Gußpfanne leicht erhitzen, Eiermasse einrühren und stocken lassen.

TIP:
Deftiges Schwarzbrot harmoniert außergewöhnlich gut mit dem herzhaften Geschmack dieser Eierspeise.

Dieses Gericht hat sich in unserer Familie besonders als Frühlingsessen etabliert. Die Kräuter hierfür werden von uns gemeinsam ausgesucht. Es sollte auch auf Ihrem Speiseplan nicht fehlen.

Jeder Gartenbesitzer kennt die Gundelrebe als lästiges Unkraut. Dieses kriechende Kraut ist ein Lippenblütler und auch im Winter belaubt.
Der würzige Geschmack der Gundelrebe, paßt in geringen Mengen ausgezeichnet zur Kürbiskernöl-Eierspeis.

Mozzarella einmal anders

für 1 Person

125 g	Mozzarella
3 Stk.	Artischockenherzen aus der Dose
3 Stk.	Mini-Mozzarellakugeln
2	kleine Tomaten
	frisches Basilikum
etwas	Oregano
2 El.	Aceto Balsamico di Modena
2 El.	Steir. Kürbiskernöl
	Salz

Mozzarella und Tomaten in Scheiben schneiden, auf ein Teller auflegen. Tomaten leicht salzen, grob geschnittenes Basilikum und Oregano darüber streuen. Kleine Mozzarellakugeln und die Artischockenherzen hinzufügen.
Mit Aceto Balsamico und Steir. Kürbiskernöl beträufeln. Dazu reicht man leicht gesalzenes Weißbrot.

TIP:
Wichtig ist immer frische Kräuter zu verwenden, denn bei getrockneten Kräutern geht sehr viel Geschmack verloren. Basilikum ist sehr einfach, bei ausreichender Feuchtigkeit ganzjährig am sonnigen Fensterbrett zu ziehen. Von dieser Gewürzpflanze gibt es mehrere Sorten: z. B. grünes oder rotes Basilikum bzw. Zitronenbasilikum.

Oregano ist eine winterharte Staude. Geerntet werden die Blätter vor der Blüte. Er läßt sich feingehackt sehr gut einfrieren.
Mozzarella und Tomaten sollten einige Zeit vor dem Servieren aus dem Kühlschrank genommen werden. Nur bei Zimmertemperatur entfalten beide ihr volles Aroma.

Naaser Schafkäse mit Gemüsemarinade

120 g	Naaser Schafkäse od. einen anderen schnittfesten Schafkäse pro Person

für 4 Personen

MARINADE:

2	Tomaten
1 Stk.	grüne Paprika
1 Stk.	gelben Paprika
2 Stk.	milde Speisezwiebeln
4 El.	Brombeeressig
1 Zweig	Thymian
	Salz
	Steir. Kürbiskernöl

Für die Marinade:
Tomaten mit heißem Wasser überbrühen, schälen und entkernen. Grünen und gelben Paprika, Zwiebeln und geschälte Tomaten kleinwürfelig schneiden. Alle Zutaten mit Brombeeressig, den abgezupften Thymianblättchen und Salz für mindestens eine 1/2 Stunde in einer Schüssel einmarinieren.

In der Zwischenzeit den Käse in 2 mm starke Schnitten schneiden und auf ein Teller auflegen. Die Gemüsemarinade zum Käse geben, Steir. Kürbiskernöl zum Verfeinern über den Käse und die Gemüsemarinade gießen. Dazu schmeckt deftiges Holzofenbrot besonders gut.

Der Naaser Schafkäse ist eine regionale Spezialität aus dem nördlichen Teil der Oststeiermark (Bezirk Weiz). Eine kleine, private Molkerei mit 200 Schafbauern erzeugt einige Schafkäsesorten von ausgezeichneter Qualität. Der Name Naaser Schafkäse bezieht sich auf den kleinen Ort Naas bei Weiz.

Pesto (steirisch)

ergibt ca. 180 g

50 g	frisches Basilikum
40 g	Steir. Kürbiskerne
40 g	frisch gerieb. Parmesan
1	Knoblauchzehe
1/8 l	Steir. Kürbiskernöl
etwas	Salz

Basilikum waschen, gut trockenschütteln und die Blättchen von den Stielen zupfen.
Basilikum und Steir. Kürbiskerne im Mörser zerstoßen. Parmesan und zerdrückten Knoblauch hinzufügen. Solange stampfen bis eine cremige Konsistenz entsteht. Natürlich kann man dazu auch eine elektrische Mühle verwenden. Zum Schluß mit dem Steir. Kürbiskernöl gut verrühren. Dieses Pesto läßt sich im Glas, kühl und dunkel, einige Wochen im Kühlschrank aufbewahren.

Alle Arten von Nudeln lassen sich mit diesem Pesto ausgezeichnet verfeinern.
Zum Beispiel können Sie dem Fleischsugo einige Teelöffel beifügen, um ihm eine besondere Note zu verleihen.

Der Name Pesto ist auf „pestare" (= zerdrücken) zurückzuführen. Das Zerstampfen der Zutaten erfolgt traditionell in einem Marmor- oder Keramikmörser. Das ursprüngliche italienische Pesto enthält anstelle von Steir. Kürbiskernöl Olivenöl und Pinienkerne statt den Steir. Kürbiskernen.

Saures Rindfleisch mit Garnitur

für 2 Personen

40 dag	gekochtes Rindfleisch (dicke Schulter od. Brustkern)
2	hartgekochte Eier
2	Tomaten
1	rote Zwiebel
100 g	Chinakohl
	frischen grünen Pfeffer
	Salz
	Steir. Kürbiskernöl
	Schilcheressig

Das gekochte Rindfleisch in dünne Scheiben schneiden und die hartgekochten Eier halbieren. Tomaten kurz mit heißem Wasser überbrühen, die Haut abziehen, sechsteln und von den Kernen befreien. Die Zwiebel schälen, in Ringe schneiden, Chinakohlblätter waschen und in dünne Streifen schneiden. Die vorbereiteten Zutaten auf große Teller auflegen.

Essig- und Kürbiskernölkaraffe, Salz- und Pfeffermühle stellen Sie am besten auf den Tisch, damit sich die Gäste ihren Salat je nach eigenem Geschmack würzen können.

PFEFFER IST NICHT GLEICH PFEFFER (PIPER NIGRUM):

Schwarzer Pfeffer wird kurz vor der Vollreife vom Pfefferstrauch geerntet, ist der Stärkste und in Europa die meist verwendete Sorte.

Weißer Pfeffer wird nach der Reife geerntet. Vor dem Trocknen entfernt man die äußere Hülle. Was ihm an Schärfe fehlt, macht er mit seinem feinen Aroma wett.

Grüner Pfeffer läßt sich leicht quetschen und wird frisch und grün haltbar gemacht. Sein zartes Aroma wird von Feinschmeckern sehr geschätzt.

Roter Pfeffer, dessen Beeren nicht vom Pfefferstrauch stammen, ist vom Feinsten aber auch der Teuerste. Besonders für exotische Gerichte ein Muß.

Gourmets verwenden für jede Pfeffersorte eine eigene Pfeffermühle und ergänzend dazu eine Salzmühle mit grobem Meersalz.

Kürbiskernschmalz (aufgeschlagen)

für ca. 8 Brote

100 g	gutes Schweineschmalz
1 El.	feinst gemahl. Steir. Kürbiskerne
1	Knoblauchzehe
	frisch zerstoßenen, grünen Pfeffer
etwas	Salz
einige	Knoblauchzehen zum Belegen

Schweineschmalz in eine kleine Rührschüssel geben und mit dem elektrischen Mixer aufschlagen bis es cremig weiß wird.
Nun die Aromaten, 1 Knoblauchzehe gepreßt, fein gemahlene Steir. Kürbiskerne, Pfeffer und Salz hinzufügen.
Anschließend einige Zeit kühl stellen.
Herzhaftes Schwarzbrot in Scheiben schneiden mit dem Kürbiskernschmalz bestreichen und mit blättrig geschnittenem Knoblauch belegen oder mit gehackten Steir. Kürbiskernen bestreuen.

In der Steiermark konsumiert man zu deftiger Kost gerne einen selbstgebrannten, klaren Schnaps. Maschanzker, Hirschbirn oder auch Hollunderschnaps sind nur drei der unzähligen Spezialitäten welche die Steiermark als Feinkostladen Europas den zahlreichen Gästen zu bieten hat.

Die Hirschbirne (im Volksmund steht Hirsch(t) für Herbst) ist eine alte Birnensorte. Sie wird im Inneren edelfaul und verfärbt sich dabei braun. Die Bäume bringen erst mit ca. 25 Jahren gute Erträge, wobei die riesigen Exemplare bis zu 200 Jahre alt werden können.
Aus der Hirschbirne, welche mittlerweile eine Rarität darstellt, da die alten Bestände weitgehendst neueren Sorten weichen mußten, wird ein edler, klarer Schnaps destilliert. Dieser wird in Kennerkreisen wegen seiner rauhen, eigenwilligen Note sehr geschätzt.
Auch als Dörrobst (Kletze) eignet sich diese Birne besonders gut.

Wildsulz in Brombeerfruchtessig und Kürbiskernöl

für 6 Personen

SULZ:

500 g	Wildfleisch im Ganzen (z. B. Schulter od. Schlögel vom Reh od. Wildschwein)
1 kg	Schweinshaxen und -schwarten
500 g	Wildknochen
2 1/2 l	Wasser
1 Bd.	Suppengemüse
1	Zwiebel
2	Knoblauchzehen
1	Lorbeerblatt
3	Wacholderbeeren
einige	Pfefferkörner gemischt
	Salz
1 El.	Brombeerfruchtessig

GARNIERUNG:

	Blattsalate der Saison
1	rote Zwiebel
	Steir. Kürbiskernöl
	Brombeerfruchtessig
	frisch gemahl. gemischten Pfeffer
	Salz

Für das Sulz:

Gut geputzte und gründlich gewaschene Schwarten und Haxen in einem großen Kochtopf mit kaltem Wasser zustellen. Gewaschene Wildknochen, das geputzte Suppengemüse und die Gewürze hinzufügen. Wasser und Zutaten erhitzten und kurz vor dem wallenden Kochen zurückschalten.

Hier gilt das Gleiche wie beim Kochen von Suppe. Wallendes Kochen würde die Kochflüssigkeit trüben. Das Wasser darf sich nur leicht bewegen. Sulz sollte mindestens 3 Stunden noch besser 4 Stunden köcheln.

Ca. 1 Std. vor Kochende das gewaschene, zugeputzte Wildstück unzerteilt hinzufügen. Mit 1 Eßlöffel Brombeerfruchtessig und Salz würzen. Fertiggaren.

Wildfleisch aus dem Sulz nehmen und auskühlen lassen. Die Sulzflüssigkeit vor dem Abgießen 1 Std. absitzen lassen, danach das meiste Fett abschöpfen. Vorsichtig durch ein Sieb in eine vorbereitete Form gießen (Schüssel oder Wannenform). Wildfleisch in gefällige Würfel schneiden und dem flüssigen Sulz beimengen. Im Kühlschrank zugedeckt über Nacht stocken lassen.

Sulz aus der Form stürzen, in Scheiben schneiden und auf flache Teller auflegen. Gewaschene Blattsalate gut abtropfen lassen, Zwiebel in Ringe schneiden und das Wildsulz damit garnieren. Leicht salzen, mit Pfeffer würzen und mit Steir. Kürbiskernöl und Brombeerfruchtessig beträufeln.

Ein echtes Sulz, nach altem Rezept zubereitet, ist zeitaufwendig. Aber das Ergebnis ist unvergleichlich. Im Gegensatz zu Aspik und Sülze, welche mit Gelatine zubereitet werden, ist dieses Wildsulz viel voller im Geschmack.

Salate

In der heutigen Zeit sind wir in der glücklichen Lage, das ganze Jahr über das umfangreiche Angebot an frischen knackigen Salaten nutzen zu können.
Einen Salat zuzubereiten bedeutet relativ geringen Zeitaufwand.

Essige und Öle sind in verschwenderischer Fülle und guten Qualitäten am Markt erhältlich.
Der Salat ist einer der wichtigsten Balaststofflieferanten neben den Getreideprodukten.

Blattsalat mit Kürbiskernöl-Honigdressing und Speckstreifen

für 2 Personen

	SALAT:
1 Stk.	Eichblattsalat
1/2	Eisbergsalat
1/2	Radiccio
2 Stk.	Chicoreepfeifen
100 g	geräucherten Speck
1 El.	Maiskeimöl
1 Str.	Pimpernelle
	DRESSING:
8 El.	Steir. Kürbiskernöl
4 El.	Honigessig
1 El.	Blütenhonig
1	kleine Knoblauchzehe
	Salz
	frisch gemahl. Pfeffer
1 Tl.	Senf

Für den Salat:
Räucherspeck in Streifen schneiden, im Maiskeimöl knusprig anbraten, auf Küchenpapier abtropfen lassen und beiseite stellen.
Chicoree vom Strunk befreien, die Blätter herunterzupfen. Eichblattsalat, Eisbergsalat, Radiccio und Chicoree in ganzen Blättern waschen und gut abtropfen lassen. Eisbergsalat und Radiccio in Streifen schneiden, Eichblattsalat in mundgerechte Stücke zerteilen. Alle Salate dekorativ in Schalen oder auf flachen Tellern auflegen.

Für das Dressing:
Leicht erwärmten flüssigen Blütenhonig mit Honigessig, Steir. Kürbiskernöl, gepreßten Knoblauch und Senf in einem Dressing-Shaker gut schütteln, mit Salz und Pfeffer aus der Mühle fertig würzen.
Dressing über die Salate verteilen, mit Speckstreifen und mit grob gehackten Pimpernelleblättern garnieren.

Pimpernelle (Pimpinella saxifraga) ist eine zweijähriges Gewürzkraut von nussigem Geschmack und in Europa wildwachsend auf Berghängen und Wiesen anzutreffen. Sie sät sich gerne selbst aus und bleibt auch im Winter grün. Die frischen Blätter werden vorwiegend für Salate und Saucen verwendet.

Grundsätzlich wird Salat wenn möglich im Ganzen oder in ganzen Blättern gewaschen. Geschnittener oder gerissener Salat verliert beim Waschen wertvolle Mineralsalze und Vitamine.
Wichtig ist es auch, Salat erst kurz vor dem Verzehr herzurichten, da das sauerstoffempfindliche Vitamin C sich schnell verliert.

Eier-Vogerlsalat

für 2 Personen

300 g	Feldsalat
4	hartgekochte Eier
1 Sträuß.	Pimpernelle
6 El.	Steir. Kürbiskernöl
4 El.	Brombeeressig
	Salz

Feldsalat verlesen, waschen und gut abtropfen lassen. Geschälte harte Eier in Scheiben schneiden. Pimpernelle waschen, trocknen und die Blättchen von den Stielen zupfen. Den Feldsalat, Eier und Pimpernelle vorsichtig in einer großen Salatschüssel mit Salz, Steir. Kürbiskernöl und Brombeeressig vermischen.

Vogerlsalat wird auch noch Feld-, Nüßli-, Acker- oder Rapunzelsalat genannt.
Es sollten beim Verlesen, das etwas Geduld erfordert, unansehnliche Blätter und das Wurzelende entfernt werden. Die Pflänzchen werden nicht zerteilt.
Feldsalat ist ein winterhartes Kraut und fristete sein Dasein bis zu Beginn dieses Jahrhunderts, als Unkraut, wie sein Name schon verrät, am Weg- und Feldrand.

Feldsalat besitzt ein stark nussiges Aroma, welches auf ätherische Öle zurückzuführen ist. Er enthält viele Vitamine, wie Vitamin A und C aber auch Mineralstoffe, insbesondere Eisen.

Käferbohnensalat

für 4 Personen

200 g trockene Käferbohnen
Salz
Pfeffer
Apfelessig (3jährig im Eichenfaß gelagert)
Steir. Kürbiskernöl
entweder Zwiebel, Kren, Rettich od. Kohlrabi zum Verfeinern

Die Käferbohnen über Nacht in kaltem Wasser einweichen. Am nächsten Tag in reichlich Salzwasser weichkochen (ca. eine Stunde) und danach kalt abschrecken. Während der Garzeit sollte man darauf achten, daß das Wasser nur leicht köchelt.
Weiche Bohnen in eine Schüssel geben, mit Salz, Pfeffer, Apfelessig und Steir. Kürbiskernöl abschmecken. Wahlweise können Sie die Bohnen mit fein gerissenem Kren, feingeschnittenem Zwiebel, feingeschabtem Rettich oder auch feingeraffeltem Kohlrabi verfeinern.

Sie können zur Abwechslung, anstelle des Apfelessigs, Balsamessig verwenden.

FEUER- ODER PRUNKBOHNE
(LAT. PHASEOLUS-COCCINEUS L.)
Die echte steirische Käferbohne ist für die Hausfrau bzw. den Hausmann im Handel nur an der Marke „Steirisch aus gutem Grund" oder „Steirerland" erkennbar.

Es sind auch chinesische Käferbohnen am Markt, diese sind aber zumeist mit der steirischen Qualität nicht vergleichbar.
Beheimatet war die Feuer-, Prunk- oder auch Käferbohne ursprünglich in Mittel- und Südamerika. In manchen Gebieten werden die unausgereiften Schoten gekocht und als Gemüse gegessen. Typisch steirisch, werden die ausgereiften Bohnen verwendet.
Da die Bohnen getrocknet gut lagerfähig sind, werden sie das ganze Jahr über angeboten.
Erwähnenswert wäre noch der 20–30%ige Anteil an Eiweiß in der Trockenbohne, der relativ hohe Vitamin B-Gehalt, sowie das enthaltene Vitamin E, Kalium, Phosphor und auch Eisen.
Der Name Käferbohne stammt aus dem Volksmund und bezieht sich darauf, daß es Käfer gibt, die die Bohnen zum Fressen gern haben.

Kürbissalat mit Hühnchen und Kürbiskernölmayonnaise

für 4 Personen

SALAT:

200 g	eingelegtes Kürbisfleisch süß-sauer
200 g	gebratenes Hühnchenfleisch
100 g	Krabben aus der Dose
1 kl. D.	Mandarin-Orangen
2 Sch.	Ananas in Stücken

SALATSAUCE:

150 g	Mayonnaise
1 El.	Steir. Kürbiskernöl
1/8 l	Sahne
1 El.	Johannisbeergelee od. Preiselbeerkompott
	Salz
	Pfeffer

GARNIERUNG:

einig. Bl.	Eisbergsalat

Für den Salat:
Gebratenes kaltes Hühnerfleisch in Streifen schneiden. Kürbisfleisch gut abtropfen lassen, kleinwürfelig schneiden. Abgetropfte Krabben mit Huhn, Kürbis, Mandarinen und geschnittenen Ananas vorsichtig vermischen.

Für die Sauce:
Mayonnaise, Steir. Kürbiskernöl, Sahne und Johannisbeergelee verrühren, mit Salz und Pfeffer abschmecken.

Für die Garnierung:
Die gewaschenen Eisbergsalatblätter auf flachen Tellern auflegen und die geschnittenen Zutaten darauf verteilen und mit Sauce begießen. Dazu harmoniert sehr gut getoastetes Weißbrot.

TIP:
Sollten Sie keinen süß-sauren Kürbis zur Verfügung haben, läßt er sich sehr gut durch nicht zu weich gedünstete Äpfeln ersetzen. Auch mit Mangostücken schmeckt der Salat sehr gut.

Linsensalat mit Kresse

für 2 Personen

400 g weichgekochte Linsen aus der Dose
Honigessig
Steir. Kürbiskernöl
Salz
frisch gemahl. schwarzen Pfeffer
frische Kresse

Die gekochten Linsen in eine Salatschüssel geben, mit den Gewürzen, Honigessig und Steir. Kürbiskernöl abschmecken. Zum Schluß frische Kresse vorsichtig untermischen.

Linsen wurden schon zur Zeit der Pharaonen, also 3000 v. Christi kultiviert. Da sie einen hohen gesundheitlichen Wert besitzen, sollten sie öfter, besonders in der Vollwertküche, Verwendung finden.
Besonders hervorzuheben wäre der hohe Anteil an Rohfasern und Mineralstoffen.

KRESSE (LEPIDIUM SATIVUM)
Gartenkresse wächst rekordverdächtig schnell. Ca. 10 Tage nach der Aussaat, kann bereits geerntet werden. Kresse, die reichlich Vitamin C enthält, hat ein unvergleichliches Aroma. Sowohl im Salat wie auch am Butterbrot oder in Suppen schmeckt sie köstlich.

TIP:
Legen Sie eine flache Schale mit Watte aus, streuen Sie dicht Kressesamen darauf; nun konsequent feucht halten und hell stellen. Bei guten Bedingungen kann bald geschnitten werden.

Maissalat

für 4 Personen

600 g	Zuckermais aus der Dose
1/2	Zwiebel
1	roten Paprika
1 Tl.	Senf
	Salz
	schwarzen Pfeffer (Mühle)
	Balsamessig
	Steir. Kürbiskernöl

Zuckermais aus der Dose in einem Sieb gut abtropfen lassen. Zwiebel und Paprika fein hacken, zum Mais geben, mit den Gewürzen, Balsamessig und Steir. Kürbiskernöl nach Geschmack abschmecken.

Zuckermais erfreut sich als Beilage oder als Salat immer größerer Beliebtheit. Im Bereich der Vollwertküche oder für Vegetarier ist er eine wertvolle Bereicherung zu herkömmlichen Gemüsearten.

Schwarzer Rettich mit Kürbiskernöl

pro Person:

1 Stk.	schwarzen Rettich (wahlweise auch weißen Bierrettich)
	Salz
	Steir. Kürbiskernöl

Rettich mit einer Gemüsebürste gründlich reinigen. In möglichst dünne Scheiben hobeln. Auf ein Teller kreisförmig auflegen, salzen und eine 1/2 Stunde durchziehen lassen. Steir. Kürbiskernöl darübergießen und mit Schwarzbrot servieren.

Als Getränk ist ein gutes Bier zu empfehlen.

Schwarzer Rettich hat in der Steiermark eine alte Tradition. Allerdings ist er sehr schwer verdaulich. Anstelle von Schwarzen Rettich können Sie auch weißen Bierrettich verwenden. Auch als Hustenmittel fand der Saft des schwarzen Rettichs in der Volksheilkunde seine Verwendung. Dazu wurde vom gut gereinigten Rettich der Deckel abgeschnitten, mit einem Löffel eine Mulde geschabt und halb mit Zucker oder auch mit Honig aufgefüllt. Der austretende Saft wurde löffelweise als natürlicher Hustensaft verabreicht.

Sommersalat

für 4 Personen

1 kg	Tomaten
3	grüne Paprika
1	mittelgroße Zwiebel
200 g	gute Braunschweiger-Wurst od. Schinken
	Steir. Kürbiskernöl
	Apfelessig (Mostessig)
	Salz
	Pfeffer

Die gewaschenen Tomaten mit einem scharfen, gezackten Messer in Spalten schneiden, Paprika in feine Streifen, die Zwiebel in Ringe schneiden. Die Braunschweiger ebenfalls in dünne Scheiben schneiden und diese danach vierteln.
Sämtliche Zutaten in einer Schüssel vermischen, mit Steir. Kürbiskernöl, Apfelessig, Salz und Pfeffer abschmecken.

TIP:
An heißen Sommertagen schmeckt dieser Salat am Besten.
Bei Steir. Kürbiskernöl ist im Freien Vorsicht geboten! Unter Sonneneinfluß schmeckt jeder Salat mit Steir. Kürbiskernöl binnen kürzester Zeit bitter. Salate immer vor Sonne und Wärme schützen.

Mostessig ist eine steirische Spezialität.
In vielen Buschenschänken (Heurigen) werden z. B. saures Sulz oder saure Käferbohnen mit Mostessig und Steir. Kürbiskernöl mariniert angeboten.

Steirischer Kraft-Salat

für 6 Personen

300 g	Chinakohl
100 g	Feldsalat
200 g	Käferbohnen gekocht
200 g	Maiskörner gekocht
2 Stk.	gebackene Hühnerbrüste
3 El.	geröst. Steir. Kürbiskerne
	Steir. Kürbiskernöl
	Schilcheressig n. Bedarf
	Salz
	frisch gemahl. Pfeffer

Die Chinakohlblätter waschen, gut abtropfen lassen und in feine Streifen schneiden. Den Feldsalat ebenfalls waschen, die gebackenen kalten Hühnerbrüste in Streifen schneiden, naturbelassene Steir. Kürbiskerne leicht anrösten, gekochte Käferbohnen (siehe Seite 44) und Mais bereitstellen.
Alle Zutaten vorsichtig in einer Schüssel vermengen und mit Steir. Kürbiskernöl, Schilcheressig und Gewürzen abschmecken.

Die Steiermark ist für ihre deftige Kost bekannt, deshalb ist dieser schmackhafte Salat auch als kalte Hauptmahlzeit gut geeignet.

Vegetarische Gerichte

Gerade bei vegetarischen Speisen kann man sehr viel Einfallsreichtum an den Tag legen. Einschläge aus Küchen benachbarter Länder verschmelzen zu interessanten, neuen Köstlichkeiten und bringen eine willkommene Abwechslung auf unsere Speisekarte.

Grün-weiße Terrine mit Kürbiskernbröseln und Mozzarella

für 4 Personen

GEMÜSE:

2	kleine Karfiolrosen
2 Stk.	Brokkoli
125 g	Mozzarella
etwas	Olivenöl
	Salz
1/8 l	Milch

KÜRBISKERNBRÖSELN:

3 El.	Margarine
50 g	Bröseln
50 g	Steir. Kürbiskerne, natur

PETERSILKARTOFFELN:

1 kg	mittelfeste, kleine Kartoffel
30 g	Butter
1 Bd.	Petersilie
	Salz

Für das Gemüse:
Die gewaschenen Karfiolrosen in kochendem Salzwasser mit 1/8 l Milch kernig weich kochen. Beim Brokkoli die Haut von den Stielen ziehen, waschen und in Salzwasser nicht zu weich kochen. Danach kalt abschrecken, damit die grüne Farbe nicht verloren geht. Gemüse nun in eine feuerfeste Schüssel schichten, etwas Olivenöl darüber träufeln, warm stellen.

Für die Kürbiskernbrösel:
Die Steir. Kürbiskerne mahlen. Margarine erhitzen, Bröseln und Steir. Kürbiskerne darin leicht braun anrösten. Diese Mischung über das Gemüse streuen und mit in Scheiben geschnittenem Mozzarella belegen. Im Rohr übergrillen bis der Käse geschmolzen ist.

Für die Petersilkartoffeln:
Kartoffeln gut waschen, schälen und im Ganzen in Salzwasser garen, anschließend das Kochwasser abseihen. Butter schmelzen, gewaschene, feingehackte Petersilie dazugeben und die Kartoffeln darin schwenken.
Die Petersilkartoffeln gemeinsam mit der Karfiol-Brokkoliterrine servieren.

Kartoffelpuffer mit Sauerrahm-Kürbiskernöldip

für 4 Personen

KARTOFFELPUFFER:

1 kg	mittelfeste Kartoffeln
	Salz
	weißen Pfeffer (Mühle)
100 g	Schweineschmalz od. Bratmargarine zum Ausbraten

DIP:

1/4 l	Sauerrahm
2 El.	Steir. Kürbiskernöl
	Salz
	Schnittlauch

Für die Kartoffelpuffer:

Rohe Kartoffeln für die Puffer säuberlich unter fließendem Wasser bürsten und schälen. Auf einer Küchenreibe mittlerer Größe raspeln, danach mit Salz und Pfeffer würzen.

In einer großen Bratpfanne Schweineschmalz erhitzen. Häufchen aus der Kartoffelmasse ins Fett setzen und flach auseinanderdrücken. Anschließend bei mäßiger Hitze beidseitig knusprig braun durchbraten (ca. 15 min.).

Fertige Kartoffelpuffer auf einem Küchenpapier abtropfen lassen und im Backrohr bei 100° C warmstellen.

Für den Dip:

Sauerrahm mit Steir. Kürbiskernöl aromatisieren, Schnittlauch und Salz hinzufügen und gemeinsam mit den Kartoffelpuffern auf den Tisch bringen.

Kartoffel ist nicht gleich Kartoffel. Für den jeweiligen Verwendungszweck sollte man die richtige Sorte wählen. Den berühmten Wiener Kartoffelsalat bereitet man am besten mit einer speckigen Sorte zu. Benötigen Sie ein Kartoffelpüree oder einen Kartoffelteig empfiehlt es sich mehlige Sorten zu verwenden.

Kartoffeln enthalten reichlich Vitamin B und C, Kohlenhydrate und sehr viel Wasser, außerdem Mineralstoffe wie Kalzium, Kalium, Magnesium, Phosphor und Eisen.

Käseschnitten mit Kürbiskernen

für 4 Personen

8 Stk.	Weißbrotschnitten (2 cm dick)
3	Eier
1/8 l	herben Weißwein
3 El.	Wasser
400 g	gerieb. Schnittkäse (Bergbaron, Traungold)
3 El.	grob gemahl. Steir. Kürbiskerne
1 Prise	Muskatnuß
	Salz
	frisch gemahl. weißen Pfeffer
	Maiskeimöl zum Ausbraten

Weißwein in einen Suppenteller gießen und mit 3 Eßlöffeln Wasser verdünnen. Eier in einer Schüssel verquirlen, geriebenen Käse, Steir. Kürbiskerne, geriebenen Muskatnuß, Salz und Pfeffer hinzufügen, alles gut durchmischen.

Weißbrotscheiben beidseitig kurz in Weißwein tauchen. Danach eine Seite mit der Ei-Käsemasse dick bestreichen.

Etwas Maiskeimöl in einer Bratpfanne erhitzen, die Käseschnitten mit der bestrichenen Seite einlegen. Knusprig braun anbraten, vorsichtig wenden und die andere Seite bräunen.

Noch heiß mit Endivien- oder Chinakohlsalat servieren.

Anstelle von Weißwein können Sie auch Milch verwenden. Besonders wenn dieses Gericht für Kinder zubereitet wird.

Käseterrine mit Kürbiskernen

für 4 Personen

KÄSETERRINE:

150 g	Steir. Kürbiskerne
60 g	ganze Walnüsse
150 g	Bergbaron
150 g	Gouda
3	Eier
2 El.	Sauerrahm
2 El.	Maisstärke
1 B.	Creme Fraiche
1 Tl.	Senf
	Muskatnuß
	Salz
	Pfeffer

FÜR DIE FORM:

40 g	Butter
80 g	Bröseln

GARNIERUNG:

einige	ganze Walnüsse
einige	Weintrauben
1	säuerlichen Apfel

Backrohr auf 150° C vorheizen.

Für die Käseterrine:
Eier aufschlagen, kurz durchmixen, mit Sauerrahm, Maisstärke, Creme Fraiche, Senf, Muskatnuß, Salz und Pfeffer gut verrühren. Steir. Kürbiskerne und Walnüsse grob hacken, danach ohne Fett kurz anrösten.
Beide Käsesorten kleinwürfelig schneiden. Walnüsse, Steir. Kürbiskerne und Käse dem Eiergemisch beimengen.
Eine kleine Terrinen- oder Pastetenform mit erweichter Butter ausstreichen und den Semmelbröseln bestreuen.
Nun die vorbereitete Käsemasse einfüllen. Die Form in ein vorbereitetes heißes Wasserbad stellen und ins Rohr schieben.
Bei 150° C ca. eine Stunde stocken lassen. Mit einem Holzstäbchen überprüfen, ob die Masse schon fest ist.
Kurz überkühlen lassen und danach auf eine Platte stürzen, fertig auskühlen und in Schnitten schneiden.

Für die Garnierung:
Verwenden Sie ganze Walnüsse, einen säuerlichen Apfel und Weintrauben.

Dieses Gericht ist ein vorzügliches Abendessen. Aber auch mit mild abgeschmeckten Blattsalaten und Toastbrot als Vorspeise zu reichen.

Kernölfleckerln mit Kraut

für 4 Personen

KERNÖLFLECKERLN:

300 g	glattes Mehl
1	Ei
1	Dotter
2 El.	Steir. Kürbiskernöl
	warmes Wasser n. Bedarf
1 Tl.	Salz

KRAUT:

1/2	Krautkopf
50 g	Margarine
1	kleine, gelbe Zwiebel
2	Knoblauchzehen
1/8 l	klare Suppe
	Salz
	Kümmel
	Pfeffer

Für die Kernölfleckerln:
Aus den angegebenen Zutaten einen halbfesten Nudelteig herstellen.

Den Teig auf einer bemehlten Arbeitsfläche dünn auswalken und leicht antrocknen lassen, damit die Kernölfleckerln beim Schneiden nicht zusammenkleben.

Kleine Fleckerln schneiden und in kochendem Salzwasser kernig weich kochen. Dies dauert ca. 4 Minuten, danach kalt abschrecken.

Für das Kraut:
Vom Kraut die äußersten Blätter entfernen und den Rest fein schneiden. Zwiebel und Knoblauch feinhacken und in Margarine gemeinsam mit dem Kraut leicht anrösten. Nun mit Suppe aufgießen, mit Salz, Kümmel und Pfeffer würzen, fertigdünsten und die Kernölfleckerln unterheben.

EIN SÜSSER TIP:
Bandnudeln radeln, in Salzwasser kurz kochen, kalt abschrecken. Anschließend in zerlassener Butter schwenken. Fein geriebenen Mohn, Nüsse sowie Staubzucker über die Kernölbandnudeln streuen.

EIN DEFTIGER TIP:
Fertig gekochte Kernölbandnudeln mit in Zwiebel angeröstetem Speck und Pilzen vermischen und frische Kräuter hinzufügen.

Spargel mit Kernölbéchamel

für 4 Personen

SPARGEL:

1 kg	Bleich- od. Grünspargel
1 Tl.	Zucker
20 g	Butter
1 El.	Zitronensaft

BÉCHAMEL:

40 g	Butter
30 g	Mehl
50 g	gerieben Käse (Fol Epi od. Edamer)
ca. 1/4 l	Milch
1 Prise	gerieb. Muskatnuß
	Salz
	frisch gemahl. weißen Pfeffer
1 El.	Steir. Kürbiskernöl

Für den Spargel:

Wasser mit Salz, Zucker, Butter und dem Zitronensaft in einem länglichen Geschirr zum Kochen bringen. Sollte kein länglicher Kochtopf vorhanden sein, verwenden Sie einen hohen Topf und garen Sie den Spargel stehend.

Frischen Spargel waschen, ca. 2 cm unter der Spargelspitze nach unten dünn schälen und auf gleiche Länge abschneiden. Anschließend mit Küchengarn in Bündeln zusammenfassen, ins kochende Wasser einlegen und je nach Sorte ca. 10–20 min. garen. Feinschmecker bevorzugen knackigen Spargel. Bei zu langer Garzeit geht viel an Geschmack und Vitaminen verloren.

Für die Kernölbéchamel:

Margarine schmelzen, Mehl einrühren, anlaufen lassen und mit kalter Milch aufgießen. Kräftig mit einem Schneebesen rühren und auf kleinste Flamme zurückschalten. Geriebenen Käse hinzufügen, salzen, pfeffern und noch ca. 5 min. weiterköcheln lassen.

Zum Schluß mit frisch geriebener Muskatnuß und dem Eßlöffel Steir. Kürbiskernöl verfeinern.

Spargelbündel aus dem Kochwasser nehmen, gut abtropfen lassen und auf eine vorgewärmte Platte legen. Die Spargelenden mit Kernölbéchamel übergießen und sofort servieren.

TIP:

Sollten Sie die Wahl zwischen Bleich- oder Grünspargel haben, greifen Sie ruhig zum Grünen. Dieser wird nicht geschält, schmeckt deshalb würziger und enthält wesentlich mehr Mineralstoffe und Vitamine.

Grünspargel kennt man schon seit dem 17. Jahrhundert, wohingegen Bleichspargel erst im 19. Jahrhundert seinen Einzug in die Küche hielt. In einigen Teilen der Toskana wächst heute noch grüner, wilder, sehr dünner Spargel, der als Delikatesse sehr geschätzt wird.

Zucchini-Kürbiskernpuffer mit Paprikarahm

für 4 Personen

PAPRIKARAHM:

1/4 l	Sauerrahm
1	reife Tomate
1/2	grünen Paprika
1/2	gelben Paprika
1	hartes Ei
1/2 Bd.	Schnittlauch
	Salz

ZUCCHINIPUFFER:

300 g	Zucchini
600 g	mehlige Kartoffeln
50 g	gemahl. Steir. Kürbiskerne
1	Ei
1	Dotter
1 El.	Maisstärke
etwas	feingehack. Petersilie
40 g	Frischrahmgervais
	Salz
	Pfeffer
1	Knoblauchzehe
	Margarine od. Sonnenblumenöl zum Ausbraten

Für die Rahmsauce:
Tomate mit heißem Wasser überbrühen, schälen, entkernen und kleinwürfelig schneiden. Gewaschenen gelben und grünen Paprika und geschältes hartes Ei feinhacken. Alle Zutaten mit dem Sauerrahm gut vermischen, mit Salz und Schnittlauch abschmecken.

Für die Puffer:
Zucchini waschen, Strunk wegschneiden und die Zucchini fein raspeln. Rohe Kartoffeln schälen, ebenfalls fein raspeln und gut ausdrücken. In einer Schüssel geraspelte Zucchini, Kartoffeln und gemahlene Steir. Kürbiskerne gut durchmischen. Das Ei, den Dotter, die Maisstärke und den Gervais hinzufügen. Gut verrühren, mit Petersilie, Pfeffer, Salz und Knoblauch abschmecken. Die Masse eine 1/4 Stunde durchziehen lassen. Aus der Zucchinimasse kleine dünne Fladen in die heiße Margarine setzen und beidseitig knusprig braun anbraten.

Im vorgeheiztem Backrohr (180° C), in einer feuerfesten Form fertig braten (ca. 15 min.).

Zucchini-Kürbiskern-Puffer gemeinsam mit Paprikarahm servieren.

Fischgerichte

Fische enthalten sehr viel wertvolles Eiweiß. Mit fangfrischem Saibling, Regenbogen- oder Lachsforelle aus den unzähligen Bächen und Seen der Steiermark lassen sich leicht bekömmliche und köstliche Gerichte zaubern.

Forelle steirisch mit Schilcherkarotten und Weintrauben

für 4 Personen

	SCHILCHERKAROTTEN:
1/2 kg	Karotten
1/16 l	Schilcher
	Salz
1 Tl.	Zucker
150 g	kernlose, kleine Weintrauben
	FORELLEN:
4	mittelgroße Forellen (je ca. 300 g)
50 g	Steirische Kürbiskerne
	Saft von einer Zitrone
2	Knoblauchzehe
etwas	Mehl
50 g	Margarine
	Petersilie
	Salz

Für die Schilcherkarotten:
Die Karotten waschen, schälen und in dünne Scheiben schneiden. In ein wenig Wasser andünsten, Schilcher, Salz und Zucker hinzufügen. Die Weintrauben gut waschen, verlesen und zu den Schilcherkarotten geben. Die Karotten sollten auf keinen Fall zu weich gedünstet werden.

Für die Forellen:
Forellen gut putzen, waschen und mit Küchenpapier abtrocknen. Innen und außen salzen, mit Zitronensaft beträufeln, mit gepreßtem Knoblauch einreiben und in Mehl wälzen. Margarine erhitzen, die Forellen darin beidseitig bräunen. Diese auf eine feuerfeste Platte legen und im vorgeheizten Rohr bei 200° C ca. 15 Minuten fertig braten.
Steir. Kürbiskerne grob hacken und in der Fischpfanne mit gehackter Petersilie kurz anrösten. Nun Steir. Kürbiskerne und Petersillie über die fertig gebratenen Forellen verteilen.

Zur Verfeinerung können Sie Butterflocken auf die Fische setzen.

Schilcherkarotten mit den Forellen gemeinsam servieren.

Schilcher: Dieser Wein ist typisch für die Weststeiermark. Trocken, fruchtig, spritzig, manchmal sogar mit agressiv hoher Säure, gekeltert aus der blauen Wildbachertraube, von heller Zwiebelschalenfarbe. Darauf bezieht sich sein Name, geschilchert, nicht rot und nicht weiß.

Gegrillter Lachs mit Ratatouille und Kürbiskernbutter

für 4 Personen

KÜRBISKERNBUTTER:

100 g	Butter
30 g	geröst. gehack. Steir. Kürbiskerne
einige	Tropfen Zitronensaft
	Meersalz
	gemischten Pfeffer (Mühle)

GEMÜSE (RATATOUILLE):

1	große Zwiebel
2	kleine Zucchini
1/2	Melanzani
2	Knoblauchzehen
1	gelben und roten Paprika
2 El.	Olivenöl
etwas	klare Gemüsesuppe
	Meersalz
	Pfeffer (Mühle)
1Tl.	Oregano

LACHS:

4 Stk.	Lachssteaks od. Filets von der Lachsforelle
	Salz, edelsüßen Paprika
	Zitronensaft, frisch zerstoßenen, roten Pfeffer,
	mildes Olivenöl od. gutes Sonnenblumenöl

Als erstes bereiten Sie die Kürbiskernbutter zu.

Für die Kürbiskernbutter:
Butter cremig rühren, gehackte Steir. Kürbiskerne, Zitronensaft, Salz und Pfeffer hinzufügen. Mit dem Dressiersack kleine Häufchen auf Butterbrotpapier dressieren und kalt stellen.

Für das Gemüse:
Geschälte Zwiebel in größere Stücke schneiden. Zucchini und Melanzani blättrig schneiden. Gewaschenen Paprika ebenfalls in Stücke schneiden. Knoblauch feinblättrig schneiden und mit dem Zwiebel in Olivenöl glasig andünsten, Paprika, Zucchini und Melanzani hinzufügen. Nun mit klarer Gemüsesuppe aufgießen, mit Salz, Pfeffer und Oregano würzen und fertigdünsten, wobei das Gemüse seinen Biß behalten sollte.

Für den Lachs:
Die Lachsfilets sorgfältig waschen, abtrocknen und mit den Gewürzen einreiben.
Ein Backblech mit Olivenöl bepinseln, Lachsfilets ebenfalls mit Öl beträufeln und beidseitig im Backrohr goldbraun grillen (ca. 15 min).
Den gegrillten Lachs auf vorgewärmten Tellern, gemeinsam mit dem Ratatouille und der Kürbiskernbutter anrichten. Zum Schluß mit einem Zitronenstück und Dill garnieren.

Lachs oder Lachsforelle sind nicht billig, aber vorzügliche Edelfische, die Sie sich zu besonderen Anlässen, vorausgesetzt Sie mögen Fisch, gönnen sollten.

Krustensaibling mit Risottovollkornreis

für 4 Personen

RISOTTO:

150 g	Risottovollkornreis
1 El.	Butter
0,1 g	Safran
2 El.	ganze Steir. Kürbiskerne
100 g	Erbsen
1/2	roten Paprika
	Salz

SAIBLING:

4 Stk.	Saibling
einge El.	Olivenöl zum Ausbraten
	Salz
	Pfeffer
	Zitronensaft

KRUSTE:

2 El.	Butter
je 1	Ei und Dotter
1	Knoblauchzehe
1 El.	gehack. Petersilie
	Salz
	frisch gemahl. schwarzen Pfeffer
1 El.	Creme Fraiche
2 El.	Bröseln
	etwas Sesam zum Bestreuen

Für den Risottovollkornreis:
Reis mit kaltem Wasser abbrausen. In eine breite, flache Kasserolle schütten und Wasser zugießen (ca. 2 cm über den Reis). Safran, Salz, Butter hinzufügen. Das Ganze aufkochen lassen, gut durchrühren, auf die kleinste Stufe zurückschalten und dünsten lassen. Klein geschnittenen Paprika, ganze Steir. Kürbiskerne und Erbsen 10 min. vor Kochende dazugeben und fertigdünsten.

Für den Saibling:
Ausgenommenen Saibling peinlichst genau mit kaltem Wasser spülen und mit Küchenpapier abtrocknen. Olivenöl erhitzen und die mit Salz und Zitronensaft gewürzten Fische langsam knusprig braun braten. (ca. 15 min).

Für die Kruste:
Butter schaumig rühren, mit Ei und Dotter, den Gewürzen, Creme Fraiche und Bröseln vermischen. Gebratene Saiblinge auf ein mit Olivenöl bestrichenes Backblech legen, auf den Fischen die Krustenmasse gleichmäßig verteilen und mit Sesam bestreuen. Nun bei scharfer Hitze kurz übergrillen. Auf einer vorgewärmten Platte dekorativ mit buntem Reis auflegen und mit Zitronenscheiben und Dill garnieren.

TIP:

Vorzüglich schmeckt dazu ein Joghurt-Rahmgurken-Salat. Dafür benötigen Sie 1 mittelgroße Gurke, 3 Eßlöffeln Sauerrahm, 2 Eßlöffeln Joghurt, 1 kleine Knoblauchzehe und Salz.
Gurke waschen, danach feinstiftelig schneiden, salzen, 10 min. durchziehen lassen. Joghurt, Sauerrahm und Knoblauch dazumischen, kühl stellen.

SAFRAN:

Safran ist mit Gold aufzuwiegen. Die Spanier bezeichnen ihn auch als das Gold „Kastiliens". Für Safran werden die Blütennarben einer Krokospflanze ausschließlich im Morgengrauen geerntet, wobei man für 1 Gramm ca. 100 Pflanzen benötigt.
2/3 der Weltproduktion deckt Spanien ab. Neben Ägypten und dem Iran, wird sogar in Österreich (Wachau), ein geringer Teil Safran angebaut.

Fleischgerichte

Die Zeit darf nicht zu kurz berechnet sein, wenn man sich entschließt ein aufwendiges Fleischgericht zu kochen.
Manchmal genügt es ein wenig die Phantasie anzuregen, sei es mit einem photogenen Gericht aus einem neuen Kochbuch oder auch durch neue Ideen und Produkte, um die schlummernde Kochlust wieder zu wecken.

Damhirschragout mit Eierschwammerln und Kernölspätzle

für 4 Personen

	RAGOUT:
800 g	zugeputzten Damhirsch-schlögel
1	große Zwiebel
1 El.	Margarine
1 El.	Mehl
1/8 l	Weißwein
1/4 l	klare Gemüsesuppe
1	Lorbeerblatt
2	Wacholderbeeren
100 g	eingelegte oder frische Eierschwammerln
1 El.	Mehl
1 B.	Creme Fraiche
	frisch gemahl. weißen Pfeffer, Salz
	Orangenscheiben und Preiselbeeren als Garnitur
	SPÄTZLE:
250 g	Dinkel od. Vollkornmehl
2	Eier
1/4 l	Milch
1 Tl.	Salz
2 El.	Steir. Kürbiskernöl
50 g	Butter zum Schwenken

Für das Ragout:
Gut zugeputzten Damhirschschlögel in Würfel schneiden. Feingehackte Zwiebel in Margarine hellbraun rösten, Hirschschlögel hinzufügen, kurz durchrösten, mit Mehl stauben, dem Weißwein ablöschen und mit Suppe aufgießen. Salz, Lorbeerblatt, Wacholderbeeren hinzufügen. Alles aufkochen lassen und auf kleiner Flamme ca. 1 Stunde (je nach Fleischqualität) köcheln lassen. Bei Bedarf etwas Wasser nachgießen.
Eingelegte oder gut geputzte frische Eierschwammerln kurze Zeit mitdünsten. Lorbeerblatt und Wacholderbeeren entfernen.
Creme Fraiche mit etwas Wasser und 1 Eßlöffel Mehl verrühren, das Ragout damit binden. Kurz durchkochen lassen. Zum Schluß mit frisch gemahlenen weißen Pfeffer verfeinern.

Für die Spätzle:
2 l Wasser mit 2 Teelöffeln Salz zum Kochen bringen. Eier mit der Milch verquirlen, Steir. Kürbiskernöl hinzufügen und salzen. Dinkel oder Vollkornmehl gut einrühren. Es sollte ein mittelfester Teig sein. Spätzlemasse entweder durch ein Spätzlesieb oder ein grobes Reibeisen ins kochende Salzwasser streichen.
Sobald die Spätzle an die Oberfläche steigen, abseihen, kurz kalt abbrausen und gut abtropfen lassen.
Butter schmelzen, die Kernölspätzle darin schwenken.
Damhirschragout gemeinsam mit den Kernölspätzle servieren.

Anstelle von Hirsch, läßt sich jedes andere Wildfleisch verwenden (z. B. Reh, Hase, Gams oder Wildschwein).

Gefüllte Hühnerbrüste mit Karotten-Zucchinigemüse

für 4 Personen

HÜHNERBRÜSTE:

4	Hühnerbrüste
	Salz, Zitronensaft
2 El.	Mehl
2 El.	Öl od. Margarine zum Braten

FÜLLE:

80 g	Zuckermais
50 g	gemahl. Steir. Kürbiskerne
2 El.	Creme Fraiche
1	Eidotter
1 Tl.	Maisstärke
1 El.	Brösel
	Salz, frisch gemahl. Pfeffer

GEMÜSE:

2	kleine Zucchini
3/4 kg	Karotten
	Olivenöl, Salz, Oregano

SAUCE:

1/16 l	Weißwein
	Saft einer halben Zitrone
1 El.	Maisstärke
1 Tl.	grüne eingeleg. Pfefferkörn.
etwas	klare Suppe
3 El.	Obers

Für die Hühnerbrüste:
Hühnerbrüste waschen, seitlich Taschen einschneiden, salzen und mit Zitronensaft beträufeln.

Für die Fülle:
Den Zuckermais fein pürieren, gemahlene Steir. Kürbiskerne kurz anrösten. Mais, Steir. Kürbiskerne, Brösel, Maisstärke, Eidotter und Creme Fraiche vermischen und mit Salz und Pfeffer würzen.
Hühnerbrusttaschen mit einem Eßlöffel der Masse füllen und mit zwei Zahnstochern verschließen. Danach die Brüste beidseitig in Mehl wenden. Anschließend in heißem Fett braun anbraten, in eine feuerfeste Form legen und ins vorgeheizte Rohr stellen.

Für das Gemüse:
Zucchini in Scheiben schneiden, Karotten schälen und der Länge nach vierteln.
Das Gemüse kurz im Bratenrückstand anrösten und zu den Hühnerbrüsten in die feuerfeste Form schichten. Zucchini und Karotten mit etwas Olivenöl beträufeln und Oregano darüberstreuen. Eine halbe Stunde bei 180° C fertigbraten.

Für die Sauce:
Den Bratenfond mit Weißwein aufgießen, klare Suppe und Zitronensaft hinzufügen. Maisstärke in ein wenig kaltem Wasser einrühren, der Sauce beigeben und kurz aufkochen lassen. Mit 3 Eßlöffeln Obers, grünem eingelegten Pfeffer und Salz abschmecken.
Gefüllte Hühnerbrüste nach dem Braten kurz rasten lassen, Zahnstocher entfernen und gemeinsam mit dem Gemüse und der Zitronensauce servieren.

Gefüllte Kalbsbrust

für 6 Personen

1,5 kg	ausgelöste Kalbsbrust
	Salz
	Pfeffer

SEMMEL-KÜRBISKERN-FÜLLE:

100 g	Butter
5	Semmeln
1 Stk.	Hühnerleber
1/8 l	Milch
4	Dotter
60 g	grob gehack. Steir. Kürbiskerne
1 Bd.	Petersilie
	Salz
	Muskatnuß
	weißen Pfeffer
2	Eiklar

WURZELGEMÜSE:

2	Karotten
1	Pastinake
1	gelbe Rübe
1/4 Stg.	Lauch

Beim Fleischer die Kalbsbrust früh genug vorbestellen; auslösen und untergreifen (Tasche einschneiden) lassen. Die Knochen zum Braten mitnehmen.
Die Kalbsbrust und die Knochen kalt waschen und abtrocknen.

Das Backrohr auf 250° C vorheizen.

Für die Fülle:
Semmeln kleinwürfelig schneiden, mit Milch übergießen und 10 min. durchziehen lassen. Halbweiche Butter schaumig rühren, Dotter und gewaschene feingehackte Hühnerleber beimengen. Petersilie ebenfalls feinhacken mit den grobgehackten Steir. Kürbiskernen, Muskatnuß, Salz und Pfeffer zu der Dottermasse beigeben. Semmeln gut ausdrücken und der Masse hinzufügen. Eiweiß sehr steif schlagen und vorsichtig unterziehen. Die Kalbsbrust innen und außen salzen und pfeffern. Die Semmelfülle in die Tasche füllen, gut andrücken und sorgfältig zunähen.

Kalbsknochen und geputztes Wurzelgemüse in eine Bratpfanne schichten mit 1/8 l Wasser aufgießen und die Kalbsbrust daraufsetzen. Einige Butterflocken auf das Fleisch legen und bei Höchststufe 1/4 Stunde im Backrohr anbraten. Danach auf 200° C zurückschalten und ca. 1 1/2 Stunden fertigbraten lassen. Zwischendurch mit dem eigenen Saft öfters begießen. Bei Bedarf Wasser nachgießen.
Ist der Braten fertig, sollte er ca. eine 1/4 Stunde rasten. Dadurch verliert er an Spannung und läßt sich leichter aufschneiden.
Inzwischen werden die Knochen und das Gemüse aus dem Bratrückstand entfernt und der Saft auf die gewünschte Konsistenz eingekocht und abgeschmeckt.
Den Kalbsbraten in Scheiben schneiden, auf dem Teller anrichten, mit Bratensaft übergießen und mit Butter- oder Röstgemüse servieren.

Gefüllte Polentaschnitten mit Rindschnitzeln

für 4 Personen

RINDSCHNITZELN:

4	Rindschnitzel geklopft
2 Tl.	Senf
4 El.	Mehl
50 g	Bratmargarine
2	Karotten
	Salz
	frisch gemahl. schwarzen Peffer

GARNIERUNG:

1	Zwiebel in Ringe
1 El.	Bratmargarine

POLENTASCHNITTEN:

3/8 l	Gemüsesuppe
30 g	Butter
150 g	Polenta (Maisgrieß)
1 Prise	Muskatnuß
etwas	Olivenöl zum Anbraten

FÜLLE:

4 El.	gemahl. Steir. Kürbiskerne
1	Ei

Für die Rindschnitzeln:
Geklopfte Rindschnitzeln salzen, mit frischem Pfeffer und Senf würzen. Beidseitig in Mehl wenden, in einer Bratpfanne Margarine erhitzen, die Schnitzeln braun anbraten und für die Bratensauce mit ca. 1/4 l Wasser aufgießen.
Geschälte Karotten in Streifen schneiden und dem Fleisch zum Dünsten beifügen. Auf kleine Flamme zurückschalten und weichdünsten. Bei Bedarf etwas Wasser nachgießen.

Für die Garnierung:
Geschälte Zwiebel in Ringe schneiden, Margarine erhitzen und die Zwiebelringe knusprig braun anbraten.

Für die Polentaschnitten:
Gemüsesuppe mit Butter und Muskatnuß zum Kochen bringen, Maisgrieß einrieseln lassen und einmal kurz aufkochen. Den Kochtopf von der Flamme nehmen und ca. 20 min. zum Quellen beiseite stellen.
1 Stück Alufolie (30x30 cm) auf die Küchenarbeitsplatte legen und die Polentamasse mit einem Messer rechteckig aufstreichen. Mit dem zweiten Stück Folie abdecken und mit einem Nudelholz zu 0,5 cm Stärke ausrollen. In zwei gleich große Stücke teilen und beide Teile mit verquirltem Ei bestreichen.
Auf einem Teil die gemahlenen Steir. Kürbiskerne aufstreuen, den anderen Teil darüberschlagen leicht andrücken und mit dem restlichen Ei bestreichen. Anschließend Rhomben oder Dreiecke schneiden.
In einer gußeisernen Bratpfanne Olivenöl erhitzen und die Polentastücke beidseitig (Eiseite zuerst) ausbraten.

TIP:
Diese köstliche Vollwertkost läßt sich ohne Fleisch gemeinsam mit Salaten als Hauptspeise verzehren, oder kombiniert mit Rindfleisch aber auch zu Wildgerichten als Zuspeise verwenden.

Gegrillte Schweinsrippchen mit Kernölgrillmarinade

für 4 Personen

RIPPCHEN:

4 Stk.	Rippchen (400 g/Pers.)
	Salz, Pfeffer (Mühle)
1 El.	Senf
2 El.	Ketchup
	Maiskeimöl

KERNÖLGRILLMARINADE:

4 El.	dunkles Bier
4 El.	Steir. Kürbiskernöl
etwas	granul. Knoblauch
1 El.	Honig
	Salz
etwas	gemahl. Kümmel

KNOBLAUCHBROT:

1	weißen Sandwichwecken
50 g	Butter
2	Knoblauchzehen
	Salz

Für die Rippchen:
Am besten marinieren Sie die Rippchen zwei Tage vor dem Grillen ein. Dazu werden die Rippchen gewaschen, abgetrocknet, von der Haut am Knochen befreit oder bei jeder Rippe eingeschnitten, gesalzen, mit frisch gemahlenem Pfeffer, Senf und Ketchup gewürzt. Rippchen in ein flaches Gefäß schichten und vollständig mit Maiskeimöl bedecken, zudecken und kühl stellen.

Für die Kernölgrillmarinade:
1/8 l dunkles Bier, Steir. Kürbiskernöl, flüssigen Honig, etwas granulierten Knoblauch, Salz und Kümmel in einem kleinen Meßbecher sorgfältig vermischen.

Die Rippchen aus der Marinade nehmen und am Holzkohlengrill beidseitig gut durchgrillen. Dies dauert mindestens 20 min. Kurz vor Ende der Grillzeit die Steir. Kürbiskernölmarinade mit Hilfe eines Grillpinsels einige Male auf die Rippchen aufstreichen. Dabei darauf achten, daß kein Fett ins Feuer tropft. Auf den Ripperln sollte eine zarte Kruste entstehen.

Für das Knoblauchbrot:
Den Sandwichwecken alle 2 cm schräg einschneiden, dabei die Scheiben nicht ganz durchschneiden. Halbweiche Butter mit gepreßtem Knoblauch und Salz vermischen. Scheibe für Scheibe mit Knoblauchbutter bestreichen, den Wecken in 2 Stücke teilen, in Alufolie wickeln und ca. 15 min. mitgrillen.

Bei diesem Essen sind Messer und Gabel tabu, man verwendet dazu am besten die Finger; besonders Kinder aber auch Ihre Gäste werden begeistert sein. Knoblauchbrot harmoniert besonders gut mit diesem schmackhaften, würzigen Grillgericht.

Kürbiskernschnitzeln mit Kartoffelsalat

für 4 Personen

SCHNITZELN:

4 Stk.	Kalbschnitzel geklopft od. Schweinsschnitzel (Nuß)
4 El.	Mehl
2	kleine Eier
1 El.	Maiskeimöl
1/2 kg	Schweinefett od. gutes Frittierfett zum Ausbacken
8 El.	Bröseln
8 El.	gemahl. Steir. Kürbiskerne, natur
	Salz

KARTOFFELSALAT:

1 kg	festkochende Kartoffeln
1/16 l	klare Suppe
1 Bd.	Petersilie
	Salz
	Pfeffer (Mühle)
	Maiskeimöl nach Bedarf

Für die Schnitzeln:
Geklopfte Schnitzeln salzen und beidseitig in Mehl wenden. Eier verquirlen, Öl hinzufügen und leicht salzen. Schnitzeln beidseitig damit benetzen. Semmelbrösel und Steir. Kürbiskerne miteinander vermischen, die Schnitzeln von jeder Seite damit panieren. Leicht andrücken, um zu vermeiden, daß sich die Panier beim Backen löst. Schweineschmalz erhitzen, die Schnitzeln darin goldbraun ausbacken. Auf ein Abtropfpapier legen.

Die wohl beliebteste Zuspeise zum Schnitzel, ist in Österreich der Kartoffelsalat.

Für den Kartoffelsalat:
Gut gereinigte Kartoffeln in der Schale weich kochen, kalt abschrecken und noch lauwarm schälen. In Scheiben schneiden, klare Suppe hinzufügen, salzen, pfeffern, feingeschnittene Petersilie und Maiskeimöl gut unterrühren.

Gemeinsam mit den Kürbiskernschnitzeln servieren. Petersilie und eine Spalte Zitrone als Garnitur auf das Schnitzel legen.

Sollte Ihnen aus Diätgründen Schweinefett nicht bekommen, ist Erdnußöl eine sehr gute Alternative. Es läßt sich gut erhitzen ohne zu rauchen oder vorzeitig zu verbrennen, ist völlig cholesterinfrei und nahezu geruchlos.

Die berühmteste österreichische Fleischspeise ist wohl das Wienerschnitzel. Um diesem typischem Wiener Gericht einen grünen, steirischen Anstrich zu verleihen, erfanden gevifte steirische Köche das Kürbiskernschnitzel.

Lammkeulensteaks mit Pfeffer-Kürbiskernkruste und gefüllten Ofenkartoffeln

für 4 Personen

	OFENKARTOFFELN:
4 Stk.	große, mehlige Kartoffeln
1/16 l	Sauerrahm
2	Eidotter
	Muskatnuß, Salz
	SPECKBOHNSCHOTEN (FISOLEN):
300 g	Speckbohnschoten
8 Str.	gekochten Jausenspeck
	Kümmel, Salz
1 El.	Margarine
	STEAKS:
8 Stk.	Lammkeulensteaks
einig. Bl.	Rosmarin
2 El.	frisch gemahl. Pfeffer
4 El.	grob gehack. Steir. Kürbiskerne
etwas	granul. Knoblauch, Salz
2	Eiklar
2 El.	Margarine zum Braten
	SAUCE:
1/16 l	Weinbrand
1/16 l	Obers
1/16 l	klare Würfelsuppe

Für die Ofenkartoffeln:
Kartoffeln gründlich, am besten mit einer Gemüsebürste, reinigen. Einzeln in Alufolie wickeln und je nach Größe ca. 1 Stunde im Rohr bei 220° C garen. Mit einem Spieß überprüfen, ob die Kartoffeln weich sind. Aus der Folie wickeln und der Länge nach halbieren. Mit einem Löffel aushöhlen. Die Kartoffelmasse pürieren, mit Sauerrahm, Eidotter, Muskatnuß und Salz gut vermischen. Die Masse in einen Dressiersack mit großer Rundtülle füllen und dekorativ in die ausgehöhlten Kartoffelhälften spritzen. Die gefüllten Kartoffeln bei 220° C im Rohr leicht braun überbacken.

Für die Speckbohnschoten:
Geputzte Bohnschoten in Salzwasser mit etwas Kümmel weich kochen, kalt abschrecken und in kleinen Bündel mit einem Speckstreifen zusammenfassen. Margarine erhitzen und die Bündel kurz ausbraten und warmstellen.

Für die Steaks:
Lammkeulensteaks mit Salz und Rosmarin würzen. Gemahlenen Pfeffer, Steir. Kürbiskerne und granulierten Knoblauch mit verquirltem Eiklar vermischen.
Bratmargarine erhitzen, Steaks bei mäßiger Hitze ca. 8 min. anbraten. Aus der Pfanne nehmen, in eine feuerfeste Schüssel legen und mit dem Pfeffer-Kürbiskerngemisch bestreichen, im Rohr braun übergrillen.

Für die Sauce:
Den Bratrückstand mit Weinbrand aufgießen. Zum Verfeinern etwas klare Suppe und Obers hinzufügen und auf die richtige Konsistenz einkochen.

Mostbraten mit Grammel-Kürbiskernroulade

für 4 Personen

MOSTBRATEN:

80 dag	Schopf
1/8 l	Most
2 El.	Schweineschmalz
1 Bd.	Suppengemüse
1	kleinen säuerlichen Apfel
1	kleine Zwiebel
2	Knoblauchzehen
	Salz, frisch gemahl. Pfeffer, Kümmel

KARTOFFELTEIG:

1/2 kg	mehlige Kartoffeln
1	Ei
50 g	Butter
30 g	Weizengrieß
30 g	Stärkemehl
100 g	glattes Mehl
	Salz, Muskat

FÜLLE:

200 g	kl. knusprige Grammeln
1 El.	Maiskeimöl
50 g	grob gehack. Steir. Kürbiskerne
2	zerdrück. Knoblauchzehen
1	kleine Zwiebel
1 El.	Petersilie gehackt
	Salz, Pfeffer (Mühle)

Für den Mostbraten:
Das gewaschene Schopfstück mit Salz, Pfeffer, Knoblauch und Kümmel gut einreiben. In einer Bratpfanne Schweineschmalz erhitzen, darin das Fleisch rundum braun anbraten. Suppengrün, Zwiebel und den Apfel kurz mitrösten. Nun mit Most aufgießen. Im vorgeheitzten Rohr bei 200° C fertigbraten.
Den Braten öfters mit dem Saft übergießen. Bei Bedarf Wasser oder Most nachgießen.

Für den Kartoffelteig:
Kartoffeln gut reinigen, in der Schale weichkochen und kalt abschrecken. Nun pellen und durch eine Kartoffelpresse drücken. Mit den restlichen Zutaten und Gewürzen zu einem geschmeidigen Teig verarbeiten.

Für die Fülle:
Maiskeimöl erhitzen, gehackte Zwiebel, Petersilie und Knoblauchzehen kurz durchrösten. Grob gehackte Steir. Kürbiskerne und Grammeln hinzufügen und mit Salz und Pfeffer den letzten Pfiff geben, kalt stellen.

Auf einem bemehlten Küchentuch den Kartoffelteig zu einem 25x20 cm großen Rechteck auswalken. Fülle gleichmäßig darauf verteilen und einrollen. Die Rolle in ein befeuchtetes Geschirrtuch straff einschlagen, links und rechts mit einem Bindfaden fest zubinden.
In einem großen Kochtopf Salzwasser zum Kochen bringen und die Grammelkürbiskernrolle darin 45 min. garen.
Auswickeln, in Scheiben schneiden und gemeinsam mit dem Mostbraten servieren.

TIP:
Dazu paßt ausgezeichnet Krautsalat oder Sauerkraut.

Putenschnitzeln mit Parmesan-Kürbiskernpanier, Minikarotten und Blattspinat

für 4 Personen

GEMÜSE:

500 g	Babykarotten
30 g	Butter
	Salz
1 Tl.	Zucker
300 g	Blattspinat
30 g	Butter
	Salz
	gerieb. Muskatnuß

SCHNITZELN:

4 Stk.	Putenschnitzel (je 150 g)
	Salz, Zitronensaft
	weißen Pfeffer (Mühle)
30 g	gerieb. Parmesan
30 g	gemahl. Steir. Kürbiskerne
4 El.	Semmelbröseln
1	Ei
4 El.	Mehl
4 El.	Fett zum Ausbraten

Für das Gemüse:
Tiefgefrorene Babykarotten in erwärmter Butter anrösten, Salz und Zucker beigeben und mit ein wenig Wasser aufgießen, danach knackig weichdünsten. Gut gewaschenen Blattspinat in Salzwasser blanchieren, das Wasser abgießen. Anschließend mit Butter und Muskat fertig würzen. In einer vorgewärmten tiefen Platte den Blattspinat am Gefäßrand schichten und die Mitte mit den Karotten auffüllen, warm stellen.

Für die Schnitzeln:
Putenschnitzeln waschen, mit Küchenpapier gut abtrocknen, salzen, mit Zitronensaft und Pfeffer würzen. Frischen Parmesan fein reiben, mit gemahlenen Steir. Kürbiskernen und Bröseln gut mischen. Ei verquirlen und salzen, Schnitzeln in Mehl, Ei und dem Parniergemisch wälzen. Fett erhitzen, darin die Schnitzeln goldbraun braten. Dies dauert etwa 8 Minuten. Zum Wenden sollten Sie das Fleisch niemals anstechen, ansonsten tritt der gute Fleischsaft aus und das Fleisch wird trocken.
Putenschnitzeln auf eine vorgewärmte Platte legen, mit Petersilie und Zitronenstücken garnieren und mit dem Gemüse anrichten.

Schweinslungenbraten „Styria"

für 4 Personen

2 Stk.	Schweinslungenbraten (Fischerl)
1 El.	Maiskeimöl
1	Schweinsnetz (beim Fleischer früh genug vorbestellen)
einige	Kohlblätter
1	Zwiebel
40 g	getrock. Totentrompeten od. 100 g frische Pilze
30 g	Margarine
50 g	Steir. Kürbiskerne, natur
1 El.	Semmelbrösel
etwas	Petersilie
50 g	Sahnefrischkäse (Doppelrahmkäse)
1 El.	Sauerrahm
1 El.	Semmelbröseln
	Muskatnuß,
	Salz
	Pfeffer

Lungenbraten salzen und pfeffern, in einer Pfanne Maiskeimöl erhitzen, Lungenbraten darin rundum braun anbraten. Nun warm stellen.

Getrocknete Teufelstrompeten in etwas Wasser weichdünsten, abseihen und gemeinsam mit der Zwiebel feinhacken. Steir. Kürbiskerne fein mahlen. Margarine erhitzen, Petersilie, Pilze, Zwiebel, Steir. Kürbiskerne und Semmelbrösel darin anrösten. Nach dem Abkühlen mit Sahnekäse, Sauerrahm und Gewürzen verfeinern.

Die Kohlblätter in Salzwasser 5 min. blanchieren und kalt abschrecken. Die feste Blattachse ausschneiden.

Das gut gewässerte Schweinenetz auf einem Küchentuch auslegen, abtrocknen und teilen. Jede Hälfte mit Kohlblätter belegen. Darüber die Pilzfarce gleichmäßig verteilen. Auf jede Hälfte ein angebratenes Fischerl legen und straff einschlagen. Beide Bratenstücke auf ein vorbereitetes Backblech legen, im vorgeheizten Rohr 30–35 min. bei 200° C braten. Nach dem Braten kurz im Rohr ruhen lassen und in 2 cm dicke Schnitten schneiden.

TIP:

Dazu servieren Sie am besten Bratkartoffeln mit reichlich Kümmel bestreut.

TOTEN- ODER TEUFELSTROMPETE (CRATERELLUS CORNUCOPIOIDES)

Die Totentrompete ist getrocknet, ein wenig bekannter, aber ausgezeichneter Würzpilz. Wobei die Farbe nicht sehr ansprechend ist. Sie zeigt sich von braungrau bis schwarz. Die Außenseite ist glatt bis runzelig. Er wächst mit Vorliebe in Buchenwäldern.

Gebäck, Mehlspeisen

Die Österreichische Mehlspeisenküche kann sich sehen lassen, ist sie doch berühmt für Potizen, Strudeln, Gugelhupf und anderes feines Gebäck. Sind die Köstlichkeiten auch nicht immer kalorienarm, so sind sie dennoch, allemal eine Sünde wert.

Erntetorte

	TORTENBODEN:
6	Dotter
130 g	Zucker
1 Pkg.	Vanillezucker
6	Eiklar
80 g	Mehl
30 g	Kakao
80 g	gerieb. Walnüsse
	FÜLLE 1:
125 g	tiefgekühl. Kastanienreis
3 El.	feinst gemahl., geröst. Steir. Kürbiskerne
1/8 l	Schlagobers
1 Pkg.	gemahl. Gelatine
3 El.	Staubzucker
2 El.	Rum
	FÜLLE 2:
150 g	Apfelmus (nicht zu flüssig)
1/8 l	Schlagobers
3 El.	Vanillejoghurt
3 El.	Staubzucker
3 El.	Rum
2 Pkg.	gemahl. Gelatine
	ÜBERZUG:
1/4 l	Schlagobers
1 Pkg.	Vanillezucker
	Weiße u. dunkle Kuvertürespäne, Schokoladekürbiskerne u. ganze Maroni

Für den Tortenboden:
Dotter mit 2/3 des Zuckers und dem Vanillezucker sehr schaumig rühren. Eiklar möglichst steif schlagen, den restlichen Zucker hinzufügen. Mehl, Kakao und Walnüsse gut mischen. Nun Eischnee, Dottermasse und Mehlgemisch vorsichtig verrühren.
Den Boden einer kleinen Springform (24 cm Durchmesser) mit Backpapier belegen und die Masse einfüllen.
Im vorgeheizten Rohr bei 160° C in der untersten Schiene 35–40 min. backen.

Für die Fülle 1:
Kastanienreis auftauen. Das Päckchen Gelatine im leicht angewärmten Rum vollständig auflösen. 1/8 l Sahne steif schlagen. Kastanienreis mit Staubzucker, den feinst gemahlenen Steir. Kürbiskernen und Rumgelatine gut vermischen. Schlagobers vorsichtig unterziehen.

Für die Fülle 2:
Apfelmus, Vanillejoghurt und Staubzucker gut vermischen. Gelatine im leicht angewärmten Rum ganz auflösen. 1/8 l Schlagobers steif schlagen und die anderen Zutaten beifügen. Kühl stellen bis die Fülle zu gelieren beginnt.

Tortenboden zweimal durchschneiden und beide Teile dünn mit Marillenmarmelade bestreichen.
Einen Teil mit Apfelmuscreme, den anderen mit Kürbiskerncreme bestreichen und die Torte zusammensetzen.

Für den Überzug:
Schlagobers steif schlagen, Vanillezucker hinzufügen und die Torte damit überziehen. Nun mit den Schokoladespänen, Maroni und Schokoladekürbiskernen hübsch dekorieren.

Kürbiskernkipferln

	KIPFERLN:
300 g	glattes Mehl
100 g	gemahl. Steir. Kürbiskerne
70 g	Staubzucker
1 Pkg.	Vanillezucker
250 g	Butter od. Margarine
	ZUM WÄLZEN:
150 g	Staubzucker
1 Pkg.	Vanillezucker

Mehl sieben, mit Zucker, Steir. Kürbiskernen und Vanillezucker vermischen. Die in Stücke geschnittene kalte Butter oder Margarine in die Mitte setzen. Rasch zu einem glatten Teig verkneten. Aus dem Teig eine Rolle mit 2 cm Durchmesser formen. 1 cm dicke Scheiben abschneiden, rollen, daraus Kipferln formen und auf ein mit Backtrennpapier ausgelegtes Blech legen.
Im vorgeheizten Rohr 20–25 min. bei 160° C backen.

Die ausgekühlten Kipferln vorsichtig im Vanille-Staubzuckergemisch wälzen.

Für mich ist dies eines der besten Kürbiskernkipferl-Rezepte und auf alle Fälle einen Backversuch wert.

Kürbiskernpotize

GERMTEIG:

500 g	glattes Mehl
1 Pkg.	Trockenhefe
60 g	Zucker
1 Pkg.	Vanillezucker
120 g	zerlassene Butter
3	Dotter
ca. 1/4 l	lauwarme Milch
1 Tl.	Salz

FÜLLUNG:

1/8 l	Milch
50 g	Butter
180 g	Zucker
1 Pkg.	Vanillezucker
1 El.	Rum
1 Tl.	Zimt
250 g	gerieb. Steir. Kürbiskerne
70 g	Bröseln od. Biskottenbröseln

Für den Germteig:
300 g gesiebtes Mehl und Trockenhefe vermischen, in eine Küchenmaschine mit Knethaken schütten. Milch leicht erwärmen, die Dotter einrühren. Zerlassene Butter, die Dottermilch, Zucker, Vanillezucker und Salz dem Mehl hinzufügen, mit der Küchenmaschine gut durchkneten bis der Teig Blasen wirft. Die restlichen 200 g Mehl beimengen und den Germteig fertigkneten.
Germteig entweder im Backrohr bei 50° C oder an einem warmen Ort 1/2 Stunde gehen lassen.

Für die Fülle:
In eine Kasserolle Milch mit Butter, Zucker und Vanillezucker zum Kochen bringen. Bröseln oder Biskottenbröseln gemeinsam mit den geriebenen Steir. Kürbiskernen in die Milch einkochen. Zimt und Rum hinzufügen, nochmals aufkochen, vom Herd nehmen und auskühlen lassen. Zwei Königskuchenformen mit Backpapier auslegen.

Nach dem Aufgehen den Teig auf einer bemehlten Arbeitsfläche zu einem Rechteck ausrollen (ca. 5 mm dick). In zwei gleiche Rechtecke teilen und jedes mit der Hälfte der Kürbiskernfülle bestreichen. Jeweils die zwei Längsseiten der beiden Teigteile zur Mitte hin einrollen. Potizen in die Formen legen, zugedeckt noch weitere 30 min. an einem warmen Ort gehen lassen.

Backrohr auf 180° C vorheizen.

Potizen auf mittlerer Schiene am Gitterrost etwa 45 min. backen. Auskühlen lassen, aus der Form stürzen und vor dem Servieren mit Staubzucker bestreuen.

Sollten Sie keine Königskuchenform besitzen, formen Sie den gefüllten Teigstrang zu einer Rolle drehen ihn zu einer Schnecke ein und backen sie in einer Tortenspringform.

Kürbiskernreingerl

8 Stück

	GERMTEIG:
500 g	glattes Mehl od. Vollkornmehl
30 g	frische Hefe od. 1 Pkg. Trockenhefe
40 g	Zucker
40 g	zerlassene Butter
1/4 l	lauwarme Milch
2	Eier
1 Tl.	Salz
	FÜLLE:
8 El.	Honig
1 Tl.	Zimt
8 El.	grob gemahl. Steir. Kürbiskerne
6 El.	Rohrzucker
1 Pkg.	Vanillezucker
6 El.	zerlassene Butter
	ZUM BESTREICHEN:
etwas	Honig, Zimt
2 El.	Rohrzucker

Für den Germteig:
Hefe mit 6 Eßlöffeln lauwarmer Milch etwas Zucker und Mehl zum Vorteig verrühren. 15 Minuten gehen lassen. Bei Trockenhefe erübrigt sich der Vorteig.
Mehl in eine Schüssel sieben. Die zerlassene Butter, die lauwarme Milch, den Vorteig und die restlichen Zutaten zum Mehl geben. Zu einem halbfesten Germteig verkneten bis er glänzt. Danach gehen lassen bis er die doppelte Größe erreicht hat.

Für die Fülle:
Grob gemahlene Steir. Kürbiskerne, Rohrzucker, Zimt und Vanillezucker vermischen.

Den Teig zu einem Rechteck auswalken. Nun den Honig leicht erwärmt auf den Germteig aufstreichen und das Zucker-Kürbiskerngemisch gleichmäßig darüber streuen. Zu einer Rolle formen und in ca. 6 cm lange Stücke schneiden. Die 6 Eßlöffeln zerlassene Butter in eine Kranzkuchenform geben und die Teigrollen stehend hinein schichten. 15 Minuten gehen lassen.
Den Backofen auf 180° C vorheizen. Die Kürbiskernreingerl mit Honig bestreichen und dicht mit Zimt und Zucker bestreuen.
15 Minuten bei 180° C backen, danach auf 140° C zurückschalten. Backdauer ca. 30 Minuten.

TIP:
Wenn Sie gerne Rosinen mögen, können Sie dem Zucker-Kürbiskerngemisch 3 Eßlöffeln Rosinen beimengen.
Um die Dauer des Aufgehens bei dem Germteig zu verkürzen, stellen Sie diesen bei 50° C ins Backrohr.

Kürbiskerntorte

8	Eidotter
200 g	Kristallzucker
80 g	Semmelbrösel
200 g	gemahl. Steir. Kürbiskerne
1 Pkg.	Vanillezucker
2 El.	Rum
8	Eiklar
	Butter und Mehl für die Form

Dotter mit 2/3 des Kristallzuckers und den Vanillezucker sehr schaumig schlagen. Fein gemahlene Steir. Kürbiskerne und Brösel vermischen, und unter die Dottermasse ziehen. Eiweiß mit 1/3 des Zuckers sehr steif schlagen, mit dem Rum zur Masse geben und mit einer Teigkarte vorsichtig unterheben.
Den Boden einer Tortenform mittlerer Größe, mit Backtrennpapier auslegen, den Rand mit Butter ausstreichen und mit Mehl bestäuben. Die Tortenmasse einfüllen, bei 180° C ca. 40 min. hellbraun backen.

Nach dem Auskühlen bestreut man die Torte entweder mit Staubzucker und reicht leicht gesüßtes Schlagobers dazu oder man füllt sie mit Marmelade und überzieht sie mit Schokoladeglasur.

Dieses Tortenrezept stammt aus einem alten Kochbuch meiner Schwiegermutter, wobei anstelle der Steir. Kürbiskerne Walnüsse verwendet wurden.
Die Torte wird ohne Mehl zubereitet und ist sehr saftig.

Kürbiskern-Walnußbrötchen mit Sauermilch

15 Stück

1 El.	Zucker
1/2 l	Sauermilch
300 g	Roggenmehl
200 g	Weizenmehl
1 Pkg.	Trockenhefe
60 g	grob gehack. Steir. Kürbiskerne
60 g	grob gehack. Walnüsse
1 Tl.	Salz
1 Tl.	Leinsamen
	Kümmel
	Anis
1	Eiklar zum Bestreichen
	Steir. Kürbiskerne zum Bestreuen

1 Eßlöffel Zucker in einem Topf hellbraun schmelzen, von der Platte nehmen und mit Sauermilch aufgießen. Gut durchrühren und überkühlen lassen.
Roggen- und Weizenmehl, Steir. Kürbiskerne, Walnüsse, Trockenhefe, Salz und Gewürze mischen. Süße Sauermilch hinzufügen und das Ganze in einer Küchenmaschine zu einem mittelfesten Teig verkneten. Danach ca. 20 min. gehen lassen.

Aus der Masse 60 g schwere Stücke abschneiden und mit bemehlten Händen kleine Laibchen formen. Auf ein befettetes Backblech setzen.

Mit verquirltem Eiklar bestreichen und mit ganzen Steir. Kürbiskernen belegen. Damit die Steir. Kürbiskerne besser haften bleiben, nochmals mit Eiklar über die Kerne pinseln, ca. 20 min. gehen lassen.

Bei 220° C etwa 35 min. backen.

Partystangen

3 Stk.	tiefgekühlten Blätterteig
100 g	gekochten Speck (Schinken)
6 El.	gemahl. Steir. Kürbiskerne
6 El.	gerieb. Käse (Traungold)
1 El.	Kümmel, grobes Meersalz
2	Eier

Blätterteig bei Raumtemperatur auftauen, dies dauert ca. 30 min. Eier verquirlen und mit einem Kuchenpinsel auf die erste Teigplatte aufstreichen. Hierauf die gemahlenen Steir. Kürbiskerne gleichmäßig verteilen. Das nächste Blatt wieder gut mit Ei bepinseln und die bestrichene Seite auf die Steir. Kürbiskerne legen. Die Oberseite des gleichen Blattes bestreichen und diesmal mit Speck belegen. Die dritte Teigplatte ebenfalls bepinseln und mit der bestrichenen Seite auf den Speck stürzen. Zum Schluß auch die oberste Seite mit Ei bestreichen, dicht mit geriebenem Käse, Kümmel und Meersalz bestreuen.

Nun wird ein Butterbrotpapier auf die Teigplatten gelegt und mit einem Nudelholz leicht angedrückt.

Von der Breitseite schneidet man (am besten mit einem Zackenmesser) ca. 1 cm breite Streifen und dreht sie gegengleich zu einer Spirale. Die Spiralen auf ein mit Backpapier ausgelegtes Backblech auflegen. Anschließend ca. 15 min. ruhen lassen. In der Zwischenzeit das Backrohr auf 220° C vorheizen.

Beim Backen stellen Sie entweder ein feuerfestes Gefäß mit Wasser ins Rohr oder besprühen das Gebäck mit etwas Wasser. So geht der Blätterteig besser auf.

Partystangen ca. 20 min. auf mittlerer Schiene hellbraun backen.

Dieses leicht und schnell zubereitete Partygebäck ist in Kombination mit steirischem Welschriesling oder Weißburgunder eine vorzügliche Knabberei.

Pikante Kürbiskernkekse

KEKSE:

250 g	glattes Mehl
200 g	passierten Topfen (10% Fett)
150 g	Butter
150 g	gerieb. Steir. Kürbiskerne
1 Tl.	Salz
1	Ei zum Bestreichen

ZUM BESTREUEN:
Mohn, gehack. Steir. Kürbiskerne, grobes Meersalz, gerieb. Käse, Kümmel od. Sesam

Für die Kekse:
Topfen gemeinsam mit der Butter gut durchmixen. Geriebene Steir. Kürbiskerne, Mehl und Salz miteinander vermischen.
Nun die Topfen-Buttermasse mit dem Mehl-Kürbiskerngemisch zu einem glatten Teig verarbeiten.

Diesen auf einer bemehlten Arbeitsfläche messerrückendick auswalken. Danach mit beliebigen Keksformen Motive ausstechen, mit dem verquirltem Ei bepinseln und wahlweise mit gehackten Steir. Kürbiskernen, grobem Meersalz, Kümmel, Mohn, geriebenem Käse oder Sesam bestreuen.

Bachrohr auf ca. 190° C vorheizen.

Kekse auf ein mit Backtrennpapier ausgelegtes Blech legen und hellbraun backen.

Diese Kekse schmecken frisch am besten.

Rahmstriezel mit karamelisierten Kürbiskernen

ca. 12 Stück

GERMTEIG:

500 g	glattes Mehl
30 g	Germ od.
	1 Pkg. Trockenhefe
50 g	Zucker
1/4 l	Schlagobers
1/8 l	Milch
1 Pkg.	Vanillezucker
1 Tl.	Salz

ZUM BESTREICHEN:

1	Eiklar
2 El.	Feinkristallzucker
100 g	karamel. Steir. Kürbiskerne (siehe Seite 19)

Für den Germteig:
Germ in etwas lauwarmer Milch und 1 Teelöffel Zucker auflösen, kurz gehen lassen. Bei Trockenhefe erspart man sich diesen Vorgang. 300 g gesiebtes Mehl mit der Germ oder Trockenhefe, Schlagobers, lauwarme Milch, Zucker, Vanillezucker und Salz in der Küchenmaschine gut durchkneten. Wenn der Teig Blasen wirft, das restliche Mehl unterkneten. Germteig an einem warmen Ort oder im Backrohr bei 50° C ca. 30 min. aufgehen lassen.

Backblech mit Backtrennpapier auslegen.

Germteig wieder durchkneten. Aus ca. 20 g schweren Stücken kleine Rollen formen, daraus kleine Striezel flechten und aufs Backblech legen.

Eiklar mit dem Zucker verquirlen, Striezel damit bestreichen und mit grob gehackten, karamelisierten Steir. Kürbiskernen bestreuen.

Nochmals ca. 30 min. gehen lassen. Backrohr auf 180° C vorheizen. Striezel ca. 35 min. hellbraun backen.

Striezel zu flechten macht besonders Kindern großen Spaß. Dieser Germteig läßt sich hervorragend verarbeiten und ist deshalb für Kinderhände besonders geeignet. Er enthält kein Ei und weißt durch das Schlagobers eine besondere Geschmeidigkeit auf. Man kann die karamelisierten Steir. Kürbiskerne auch gut durch Hagelzucker ersetzen.

Roggenkürbiskernbrot

1 kg	Roggenmehl
250 g	Dinkelmehl
100 g	Sauerteig od. 1 Pkg. Sauerteigextrakt (15 g)
1 Pkg.	Trockenhefe
100 g	Steir. Kürbiskerne, natur
1 El.	Kümmel
1 El.	gemahl. Leinsamen
2 El.	Salz
ca. 1/8 l	heißes Wasser
einige	Steir. Kürbiskerne zum Bestreuen.

Roggen- und Dinkelmehl, Kümmel und gemahlenen Leinsamen in einer Schüssel gut vermischen.
In der Mitte eine Vertiefung drücken, das sehr heiße Wasser hineinschütten, nach kurzem Abkühlen den Sauerteig und die Trockenhefe einrühren. Die Masse ca. 2 Stunden zugedeckt stehen lassen.
Anschließend mit warmen Wasser, Salz und den gehackten Steir. Kürbiskernen zu einem festen Brotteig verkneten.
Wiederum 1 Stunde bei Raumtemperatur gehen lassen. In der Zwischenzeit das Rohr auf 250° C vorheizen.
Nun einen hohen, runden Laib formen, mehrmals mit einer Gabel einstechen, um das Reißen der Oberfläche zu verhindern und auf ein mit Backpapier ausgelegtes Backblech geben. Die Oberfläche mit Milch bepinseln.
Blech auf die mittlere Schiene schieben und ein mit Wasser gefülltes, feuerfestes Gefäß hinzustellen.
Temperatur auf 200° C reduzieren und ca. 1 Stunde braun backen.

Noch lauwarm mit frischer Butter bestrichen, schmeckt dieses herzhafte Brot am besten.

Steirer-Kipferln (kalter Germteig)

ca. 30 Stück

GERMTEIG:

200 g	glattes Mehl
125 g	Margarine
1 Pkg.	Trockenhefe
1 Tl.	Zucker
1 Prise	Salz
ca. 1/16 l	Milch
2	Dotter

FÜLLE:

3	Eiklar
250 g	Staubzucker
1 Pkg.	Vanillezucker
100 g	grob gerieb. Steir. Kürbiskerne

Für den Germteig:
Mehl in eine Schüssel sieben, Trockenhefe beimengen, Margarine schmelzen und auch hinzufügen. Milch leicht erwärmen und mit den Dottern gut verquirlen, salzen und zuckern und gemeinsam mit den anderen Zutaten durch kräftiges Kneten zu einem mittelfesten Germteig verarbeiten. Anschließend 1 Stunde oder über Nacht im Kühlschrank rasten lassen.
Den Teig in 2 Teile teilen und zu ca. 20x40 cm großen Rechtecken auswalken.

Für die Fülle:
Eiklar in einem Schneekessel sehr steif schlagen, Vanillezucker und Zucker nach und nach hinzufügen. Anschließend auf einem passenden Topf heiß über Wasserdampf weiterschlagen. Danach vom Dampf nehmen und weiterrühren bis die Eiweißmasse wieder ausgekühlt ist. Das Mixen nimmt mindestens 15 min. in Anspruch. Die Masse sollte sehr fest sein, andernfalls rinnt sie beim Backen aus.

Beide Teigteile mit der Masse gleichmäßig bestreichen und die grob geriebenen Steir. Kürbiskerne darauf verteilen.
Die Teigstücke von der Längsseite her einrollen, wie bei einer Rollade. Mit einem runden Keksausstecher Sichelmonde herunterstechen. Die Kipferln auf ein mit Backtrennpapier ausgelegtes Backblech auflegen.
Bei ca. 160° C etwa 25 min. hellbraun backen.

Diese Steirer-Kipferln lassen sich ersatzweise mit Walnüssen oder Haselnüssen zubereiten. Gut verschlossen in einer Keksdose halten sie mindestens 1 Woche.

Süßspeisen

Wenn Sie ein ausgefallenes, nicht alltägliches Dessert suchen, ist sicher eines der nächsten Rezepte genau das Richtige für Sie. Ihre Gäste werden staunen, wenn Sie eine dieser außergewöhnlichen Leckereien als krönenden Abschluß servieren.

Fidelios – Betrunkene Kerne

125 g	geröst. gehack. Steir. Kürbiskerne
220 g	Mehl
250 g	Zucker
1 Pkg.	Vanillezucker
1 Msp.	Backpulver
1 Msp.	Zimt
2	Eier
	Zum Tränken einen lieblichen Wein (z. B. Muskateller Spätlese)

Backrohr auf 160° C vorheizen.

Steir. Kürbiskerne im Rohr kurz rösten und mit einem Wiegemesser grob hacken.
In einer Rührschüssel, Mehl, Zucker, Vanillezucker, Backpulver, Zimt und Steir. Kürbiskerne miteinander vermischen. Eier verquirlen und hinzufügen.
Aus den Ingredienzen einen Teig kneten. Daraus 2 Rollen mit ca. 3 cm Durchmesser formen.

Nun die Teigrollen auf ein mit Backtrennpapier ausgelegtes Backblech legen.
Im vorgeheiztem Rohr bei 160° C mehr bähen als backen (ca. 40–45 min). Die Masse sollte auf Druck noch leicht nachgeben. Die Stücke aus dem Rohr nehmen und auskühlen lassen.

Danach mit einem Zackenmesser in ca. 0,5 cm starke Scheiben schneiden. Nochmals aufs Blech legen und bei 140° C trocknen lassen. Dies dauert mindestens 1 Stunde.
Die ausgekühlten Stücke gemeinsam mit einem Schälchen lieblichen Wein servieren.
Fidelios beliebig lange, je nach Geschmack, in den Wein tauchen.

Diese köstliche originelle Nachspeise eignet sich besonders gut für ein geselliges Beisammensein.

Geeister Mohn-Kürbiskern-Gugelhupf

für 6 Personen

PARFAIT:

60 g	gemahl. Mohn
60 g	geröst. gemahl. Steir. Kürbiskerne
125 g	Zucker
1/8 l	Milch
4	Dotter
3 El.	Nuß- od. Kaffeelikör
1/2 l	Schlagobers
1 Prise	Zimt
1 Pkg.	Vanillezucker

ROTWEINBIRNEN:

6	Williamsbirnen
1/2 l	kräftigen Rotwein
100 g	Zucker
1/4 l	Wasser
1	Gewürznelke
	Schale einer Naturzitrone
etwas	Zimtrinde

GARNIERUNG:

200 g	Preiselbeerkompott
12	Schokoladeblättchen

Für das Parfait:
Milch, Mohn, Steir. Kürbiskerne und 2/3 des Zuckers aufkochen lassen, kalt stellen. Dotter, restlichen Zucker, Zimt, Vanillezucker und Nußlikör zuerst heiß über Dampf und dann kalt rühren.
Das Schlagobers steif schlagen, das Mohn-Kürbiskerngemisch und die Dottermasse vorsichtig unterheben. Wichtig ist das alle Gemische die gleiche Temperatur haben.
Die Masse in kalt ausgespülte Puddingförmchen oder eine große Puddingform füllen und ca. 4 Stunden tieffrieren.

Für die Rotweinbirnen:
Die Williamsbirnen sorgfältig waschen und schälen, dabei den Stiel nicht entfernen. Rotwein, Wasser, Zucker und Aromaten in einer Kasserolle zum Kochen bringen. Birnen hineingeben und zugedeckt weichdünsten. Danach die Birnen im Sud erkalten lassen.

Zum Stürzen stellen Sie die Puddingförmchen kurz in heißes Wasser. Mit Rotweinbirnen, Preiselbeerkompott und Schokoladeblättchen garnieren.

Nach Wildgerichten ist dies ein ausgezeichnetes Dessert.

Grüner Nougattraum

BUSSERL:

125 g	Butter
1 Pkg.	Vanillezucker
125 g	Staubzucker
7	Dotter
50 g	Maisstärke
170 g	Mehl

NOUGAT:

100 g	Steir. Kürbiskerne
50 g	ganze Haselnüsse
150 g	weiße Kuvertüre

Für die Busserl:
Halbweiche Butter mit Staubzucker und Vanillezucker sehr schaumig rühren. Eidotter langsam hinzufügen. Mehl und Maisstärke vermischen, über die Dottermasse sieben und vorsichtig unterheben.
Diese Masse in einen Dressiersack mit mittelgroßer, glatter Tülle füllen. Ein Backblech mit Backtrennpapier auslegen und darauf kleine Busserl spritzen.
Ca. 4 cm Abstand lassen, da die Busserl auseinander laufen.
8–10 min. bei 180° C backen.

Für den Nougat:
Backrohr auf 200° C vorheizen.
Haselnüsse und Steir. Kürbiskerne getrennt ins heiße Backrohr schieben. Ca. 15 min. rösten. Öfters umrühren. Haselnüsse in ein Geschirrtuch wickeln und einen Großteil von der Schale abreiben. Danach so fein wie möglich mahlen. Steir. Kürbiskerne nach dem Rösten ebenfalls feinst mahlen.
Kuvertüre im heißen Wasserbad schmelzen, cremig rühren, Haselnüsse und Steir. Kürbiskerne unterheben. Es sollte eine halbweiche, streichfähige Masse sein.
Jeweils zwei Plätzchen mit grünem Nougat zusammensetzen.

Zugegeben, diesen Nougat herzustellen, ist etwas zeitaufwendig, aber das Ergebnis wird Sie überraschen. Natürlich läßt sich verschiedenstes Kleingebäck mit diesem vorzüglichem Kürbiskern-Nougat füllen.

Kraftmüsli

100 g	Dinkelflocken
100 g	Weizenflocken
100 g	Haferflocken
100 g	Kristallzucker
1 El.	Margarine
1 Pkg.	Vanillezucker
100 g	Steir. Kürbiskerne
50 g	grob gehackt. Haselnüsse
50 g	Rosinen

Margarine in einer großen Bratpfanne schmelzen, Kristallzucker und Vanillezucker einstreuen. Dinkelflocken, Weizenflocken, Haferflocken, Steir. Kürbiskerne und Haselnüsse hinzufügen und bei schwacher Hitze knusprig anrösten.
Dem Flockenpotpourri werden nun die Rosinen beigemengt.

Mit Marmelade und Joghurt, frischem Obst oder Trockenfrüchten servieren.

Ihrer Phantasie sind bei der Kombination dieses köstlichen Knuspermüslis keine Grenzen gesetzt.

Auch Topfencremen lassen sich damit verfeinern.

Mischen Sie sich Ihr Müsli selbst auf Vorrat. In einer gut verschließbaren Dose – kühl gelagert – hält es gut eine Woche.

Kürbiskern-Parfait

für 6 Personen

PARFAIT:

4	Dotter
80 g	Zucker
2 Pkg.	Vanillezucker
1/8 l	heiße Milch
1/4 l	Schlagobers
2 El.	Orangenlikör

KARAMELISIERTE KÜRBISKERNE:

80 g	Zucker
80 g	Steir. Kürbiskerne

GARNIERUNG:

1/4 l	Schlagobers
1 Pkg.	Vanillezucker
einige	Weintrauben

Für das Parfait:
Dotter mit dem Zucker und dem Vanillezucker sehr schaumig schlagen, nach und nach die heiße Milch unterrühren. Anschließend die Masse so lange schlagen bis sie kalt ist. Dann in den Kühlschrank stellen.

Für die karamelisierten Kürbiskerne:
Zucker in einer Pfanne leicht bräunen, ganze Steir. Kürbiskerne dazugeben und kurz durchrösten. Kerne auf ein Backpapier geben und auskühlen lassen. Ein 1/4 von den Kernen grob hacken und zum Garnieren beiseite stellen. Die restlichen Kerne grob mahlen.

Schlagobers steif schlagen. In die gekühlte Dottermasse Orangenlikör einrühren, steif geschlagenes Obers und die grob gemahlenen Steir. Kürbiskerne unterheben.
Die Creme in eine Puddingform oder Rehrückenform füllen, danach mindestens 4 Stunden einfrieren. Zum Stürzen stellt man die Form kurz in ein heißes Wasserbad.
Nun wird das Parfait in Portionen geschnitten, mit Schlagobers, Weintrauben und grob gehackten Steir. Kürbiskernen garniert.

TIP:
Parfait bedeutet Halbgefrorenes, daher sollten Sie es vor dem Servieren kurz antauen lassen.

Kürbiskernstickers

ca. 50 Stück

	STICKERS:
200 g	Marzipan-Rohmasse
1 Stp.	Kirschwasser (2 cl)
40 g	Staubzucker
1 Pkg.	Vanillezucker
40 g	geröst., grob gemahl. Steir. Kürbiskerne
50 Stk.	ganze, geröst. Steir. Kürbiskerne
	GLASUR:
1 B.	Kakaoglasur

Steir. Kürbiskerne mit Grillstufe oder Oberhitze auf einem Backblech im Rohr rösten bis die Kerne knacksen und ein Bäuchlein bekommen. Dies geht sehr schnell. Durchrühren und sofort aus dem Rohr nehmen.

Geröstete Steir. Kürbiskerne grob mahlen und zum Verzieren ganze Steir. Kürbiskerne beiseite stellen.

Gesiebten Staubzucker und Vanillezucker mit den gemahlenen Steir. Kürbiskernen vermischen. Marzipan-Rohmasse mit dem Kirschwasser und dem Staubzucker-Kerngemisch verkneten.
Aus dieser Masse Stäbchen von 0,5 cm Durchmesser rollen und auf 8 cm Länge abschneiden.

In erwärmter Kakaoglasur bis auf 2 cm hängend eintauchen, abtropfen lassen und auf ein Stück Alufolie auflegen. Mit einem ganzen, gerösteten Steir. Kürbiskern, beim Übergang zur Kakaoglasur belegen.
Einige Stunden antrocknen lassen, damit sie fest werden.

Pumpkin-Nuggets

120 g	gemahl. Steir. Kürbiskerne, natur
100 g	gemahl. Mandeln od. Haselnüsse
60 g	gemahl. Walnüsse
150 g	Staubzucker
1 Pkg.	Vanillezucker
1/2 Tl.	Zimt
4	Eiklar
	ganze Steir. Kürbiskerne, natur zum Belegen
150 g	Weichsel- od. Himbeergelee
1 B.	Schokoladeglasur

Backrohr auf 200° C vorheizen.

Steir. Kürbiskerne, Mandeln, Walnüsse und Staubzucker vermengen. Ein Backblech mit Backpapier belegen, die trockene Masse darauf gleichmäßig verteilen. Ins heiße Rohr schieben und darin 10 min. rösten. Öfters umrühren.
Die Nußmasse vollständig auskühlen lassen.

Staubzucker, Vanillezucker, Zimt und Eiklar ca. 5 min. mit dem Handmixer sämig rühren. Die geröstete Nußmasse untermischen. Auf ein mit Backpapier ausgelegtes Backblech aus dieser Masse, mit dem Dressiersack (glatte Tülle verwenden) 3 cm lange Tropfen dressieren und mit einem ganzen Steir. Kürbiskern belegen.

Im vorgeheizten Rohr 10 min. bei 180° C hellbraun backen. Da die Masse auseinanderläuft genügend Abstand halten.

Abgekühlte Nuggets mit Gelee zusammensetzen. Schokoladeglasur nach Anleitung schmelzen, Nuggets mit der breiten Seite darin zur Hälfte dunken.

Auf ein Kuchengitter zum Trocknen legen.

TIP:
Sie können die Nuggets ebenso mit erweichtem Nougat zuammenfügen.

In einer gut verschlossenen Keksdose halten sich die Pumpkin-Nuggets mindestens 14 Tage.

Reispudding mit Schoko-Kürbiskernen und Weincreme

für 6 Personen

PUDDING:

150 g	Rundkornreis
3/8 l	Milch
1 Prise	Salz
1 Pkg.	Vanillezucker
60 g	Kristallzucker
1 D.	Mandarin-Orangen (315 g)
2 Stp.	Mandarin-Orangensaft aus dieser Dose (4 cl)
1 Stp.	Cointreau (2 cl)
4 Bl.	Gelatine
1/4 l	Schlagobers
30 g	geröst., gemahl. Steir. Kürbiskerne
20 g	Schokoraspeln (Tröpfchen)

WEINCREME:

1/2 Pkg.	Puddingpulver mit Vanillegeschmack
1/4 l	trockenen Weißwein
	den restlichen Mandarin-Orangensaft
100 g	Staubzucker
1/4 l	Schlagobers
1 Pkg.	Vanillezucker

Für den Pudding:
Mandarin-Orangen abseihen, den Saft und die Spalten beiseite stellen. Den Reis in kalter Milch mit einer Prise Salz und Vanillezucker zum Kochen bringen, umrühren, auf kleinste Flamme zurückschalten und weichdünsten. Kristallzucker einrühren und auskühlen lassen.
Gelatineblätter in kaltem Wasser einweichen. Den Cointreau mit den 2 Stamperln Mandarinensaft vermischen, leicht erwärmen und die ausgedrückte Gelatine darin auflösen.
Schlagobers steif schlagen, die Cointreau-Gelatine gut einrühren und mit der kalten Reismasse gut vermischen.
Die fein gemahlenen, gerösteten Steir. Kürbiskerne mit den Schokoladeraspeln vermengen. Reis-Sahnemasse teilen und die eine Hälfte mit der Kürbiskernschoko vermengen.
Den Boden einer kalt gespülten großen Puddingform oder auch kleinen Formen, mit einigen Mandarinenspalten belegen. Zur Hälfte mit Schoko-Kürbiskernreis füllen, den Rest mit neutraler Reismasse auffüllen.
Den Pudding zugedeckt im Kühlschrank mindestens 1 Stunde, noch besser über Nacht, stocken lassen.

Für die Weincreme:
Puddingpulver und Staubzucker im kalten Wein einrühren, den restlichen Mandarinensaft hinzufügen, aufkochen und unter öfteren Umrühren mit einem Schneebesen auskühlen lassen.
Schlagobers halbsteif schlagen, den Vanillezucker hinzufügen und in den ausgekühlten Weinpudding einrühren.

Zum Stürzen des Puddings die Form kurz in heißes Wasser tauchen.
Auf Dessertteller die Weincreme verteilen, Puddingstücke auflegen und mit Mandarinenspalten und Minze garnieren.

Schoko-Törtchen mit Whisky-Kürbiskernglasur

ca. 35 Stück

SCHOKO-TÖRTCHEN:

4	Eier
100 g	Zucker
1 Pkg.	Vanillezucker
30 g	Kakao
60 g	Mehl
30 g	Brösel
50 g	Butter

GLASUR:

60 g	Staubzucker
2 El.	Whisky
30 g	fein gemahl. Steir. Kürbiskerne
etwas	Schokoladeglasur
	Papierbackförmchen mit ca. 3,5 cm Ø

Backrohr auf 200° C vorheizen.

Für die Törtchen:
Eigelb vom Eiweiß trennen, Eigelb mit der Hälfte des Zuckers sehr schaumig rühren. Eiweiß mit dem restlichen Zucker und dem Vanillezucker sehr schaumig schlagen.
Mehl, Kakao und Bröseln gut vermischen. Eiweiß zur Eigelbmasse geben, die Mehlmischung darüberstreuen und alles vorsichtig unterheben. Zerlassene Butter nach und nach unterziehen.
Kakaomasse in einen Spritzsack mit mittlerer, glatter Tülle einfüllen.

Papierförmchen auf ein Backblech setzen und mit der Kakaomasse füllen. Die Formen nicht ganz vollfüllen, da die Masse aufgeht.

Auf mittlerer Schiene ins Rohr schieben und 10–12 min. bei 200° C backen.

Für die Glasur:
Staubzucker mit den fein gemahlenen Steir. Kürbiskernen und dem Whisky verrühren. Die Glasur sollte nicht zu dünnflüssig sein.

Plätzchen noch warm mit der Whiskyglasur bestreichen. Man verwendet dazu am besten einen Kuchenpinsel. Trocknen lassen und zum Schluß mit erweichter Schokoladeglasur verzieren.

Steirerkraft-Konfekt

100 g	gerieb. Walnüsse
100 g	karamel. fein gemahl. Steir. Kürbiskerne (siehe Seite 19)
5 El.	Kokosette
100 g	Staubzucker
1 Pkg.	Vanillezucker
2 El.	Kakao
1 El.	Löskaffee
2 El.	heißes Wasser
2 El.	Orangenlikör (Cointreau)
1 El.	Preiselbeermarmelade
1 B.	Schokoladeglasur
80 g	weiße Kuvertüre

Geriebene Walnüsse, feingemahlene karamelisierte Steir. Kürbiskerne, Kokosette, Staubzucker, Vanillezucker und Kakao vermischen. Löskaffee in heißem Wasser auflösen, Orangenlikör und Marmelade hinzufügen. Alle Zutaten verrühren und zu einer glatten Masse verkneten. Daraus kleine Kugeln formen. Sollte die Masse kleben, die Hände mit Wasser befeuchten.

Tortenglasur nach Anleitung im Wasserbad schmelzen, die Kugeln damit überziehen und mit erweichter weißer Kuvertüre verzieren. Zum Trocknen auf Backtrennpapier setzen. Nach dem Trocknen kann man das Konfekt auch in Papierförmchen setzen.

Kuvertüre eignet sich hervorragend zum Verzieren von Bäckereien und Konfekt. Es gibt sie in drei Geschmacksrichtungen – Zartbitter-, Vollmilch- und Weiße Kuvertüre. Da sie nach dem Schmelzen lange weich bleibt, kann man sich beim Verzieren ruhig Zeit lassen. Kuvertüre läßt sich auch gut als Teig- und Cremezusatz verwenden.

Topfennockerln mit Erdbeersauce und Kürbiskernzucker

für 4 Personen

NOCKERLN:

300 g	Topfen (10% Fett)
50 g	Sauerrahm
1 El.	Staubzucker
1 Pkg.	Vanillezucker
2	Dotter
40 g	Weizengrieß
etwas	Salz

ERDBEERSAUCE:

500 g	frische Erdbeeren
3 El.	Kristallzucker
1 El.	Zitronensaft

KÜRBISKERNZUCKER:

50 g	geröst. gemahl. Steir. Kürbiskerne
100 g	Staubzucker
1 Msp.	Zimt
1 Pkg.	Vanillezucker

Für die Topfennockerln:
Passierten Topfen mit Staubzucker, Vanillezucker, den Dottern, Sauerrahm, etwas Salz und Weizengrieß gut glattrühren. Das Gefäß mit der Topfenmasse zudecken und eine Stunde im Kühlschrank durchziehen lassen.

Für die Erdbeersauce:
Frische Erdbeeren samt den grünen Blütenblättchen kalt abbrausen, gut abtropfen lassen. Blütenblättchen entfernen und die Erdbeeren in einen Maßbecher schütten, Zucker und Zitronensaft hinzufügen. Mit dem Stabmixer oder im Aufsatzmixer fein pürieren. Kühl stellen.
In einer Kasserrolle ca. 1 l Salzwasser zum Kochen bringen. Aus der Topfenmasse mit einem feuchten Löffel Nockerln ausstechen, vorsichtig ins Kochwasser gleiten lassen. Herdplatte auf kleine Stufe zurückschalten. Die Nockerln sollten 10–12 min. garziehen, auf keinen Fall kochen. Danach mit einem Nockerlsieb aus dem Wasser nehmen und kurz kalt abschrecken.

Für den Kürbiskernzucker:
Geröstete, gemahlene Steir. Kürbiskerne mit dem Staubzucker, Zimt und Vanillezucker vermischen.
Lauwarme Nockerln im Gemisch wälzen und gemeinsam mit der Erdbeersauce und den Erdbeerblättchen garniert servieren.

TIP:
Sollte für die Sauce kein frisches Obst zur Verfügung stehen, können Sie Dosenkompott z. B. Pfirsiche oder Marillen verwenden. Ein Schuß Zitronensaft erhält die Farbe der Früchte. Erdbeermark läßt sich sehr gut einfrieren.
In der Erdbeersaison, wenn Erdbeeren im Überfluß verfügbar sind, wenden Sie das gleiche Verhältnis wie oben angegeben an, füllen das Mark in Kunststoffbehälter und frieren es ein. Eine vitaminreiche, gesunde Abwechslung für die Wintermonate.

Inhaltsverzeichnis

Seite

Abkürzungen

El.	=	Eßlöffel	B.	=	Becher
Tl.	=	Teelöffel	D.	=	Dose
Msp.	=	Messerspitze	gemahl.	=	gemahlen
Stp.	=	Stamperl	gerieb.	=	gerieben
Sträuß.	=	Sträußchen	gehack.	=	gehackt
Sch.	=	Scheiben	granul.	=	granuliert
Stg.	=	Stange	zerdrück.	=	zerdrückt
Bl.	=	Blättchen, Blatt	getrock.	=	getrocknet
Str.	=	Streifen	geröst.	=	geröstet
Bd.	=	Bund	karamel.	=	karamelisiert

Rezepte mit diesem Symbol werden mit Steirischem Kürbiskernöl hergestellt.

Rezepte mit diesem Symbol werden mit Steirischen Kürbiskernen hergestellt.

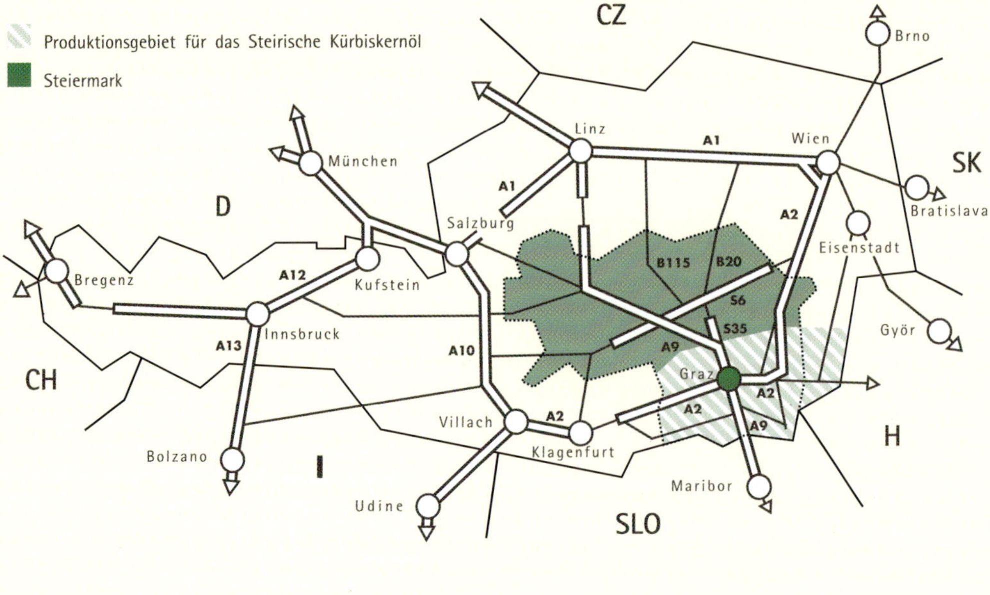
Produktionsgebiet für das Steirische Kürbiskernöl
Steiermark
CZ
D
SK
CH
I
SLO
H
Brno
Linz
Wien
München
Salzburg
Bregenz
Kufstein
Innsbruck
Bratislava
Eisenstadt
Györ
Graz
Villach
Klagenfurt
Bolzano
Udine
Maribor
A1
A2
A9
A10
A12
A13
B115
B20
S6
S35